The Characters of Youths

青年的品格

黄 / 文 / 秀 / 们

靳晓燕 / 著

北京师范大学出版集团
BEIJING NORMAL UNIVERSITY PUBLISHING GROUP
北京师范大学出版社

致敬
可爱的年轻人！

用"青春梦"托起"中国梦"

这是一个伟大的时代,当代中国青年正可谓生逢其时。他们,是实现"两个一百年"奋斗目标的见证者、参与者、实践者。青春的理想,青春的活力,青春的奋斗,正是中国精神和中国力量的生命力所在。

黄文秀、古丽加汗·艾买提、朱启平、林炉生、中国农业大学学子、北京交通大学年轻的博士生导师和他的博士生团队……越来越多的当代青年,他们将信仰写在选择里,用行动对"青年何为"之时代命题做出解答。

纵观这些青年人的成长经历,他们中的不少人都曾深入贫困地区、祖国最需要的地方扶贫、支教,在最前沿和崭新的领域克难攻坚。正是在这种实践和创造活动中，他们的担当精神，发现问题、解决问题的本领被锤炼、挖掘出来。

一代人有一代人的使命，一代人有一代人的担当。新时代的新青年有着鲜明的时代特征，当他们把个人的志向与实现中国梦的需要结合起来，当他们以高远的理想、无畏的品格、专业的素养担负起时代之责，以青春之我、奋斗之我，为民族复兴铺路架桥，为祖国建设添砖加瓦之时，他们用一言一行证明着：青年一代有理想、有担当，国家就有前途，民族就有希望，实现我们的发展目标就有源源不断的强大力量。

用"青春梦"托起"中国梦"，可期，可为。

目 录 Contents

The Characters of Youth

第1章

总有人要回来

——我们身边的时代楷模黄文秀

青春关键词：

「勇于担当」

选择了吃苦也就选择了奉献，选择了奉献也就选择了担当。「天下兴亡，匹夫有责。」青年人的选择不仅是个人的选择，更是国家未来发展的动力源。

回去，没有丝毫犹豫

"晚上有暴雨，现在回村不安全，明早再回吧！"6月16日晚，父亲劝她。

"明天一早开会，怕赶不及。"连日的暴雨将村里的灌溉水渠冲断，要尽快解决灾情，她得赶上第二天的扶贫工作会议。

她清楚，她是扶贫一线广西百色乐业县新化镇百坭村的第一书记黄文秀。

记忆犹新。2018年6月，乐业进入雨季。她在日记中写道："通往乐业的路段发生塌方，情况非常危急，凌云有一户6口人家不幸被埋入土中。田林县有地方楼房倒塌。我知道消息后，马上联系村支书，让其时刻关注百坭村情况，这个周末过得十分紧张。"

6月14日，周五。文秀是女儿。

忙碌许久的她终于决定回家看望身患癌症、接连做了两次手术的父亲。从百坭到田阳的父母家，几近200公里，路不好走，也不是每个周末都可以回去。她一回家，便做饭、照顾父母，做女儿该做的。

6月16日12：47。文秀更新了一条朋友圈。

"今天恰好是父亲节，这算是老头子的父亲节礼物吧。节日的意义在于纪念，同时又要懂得反思和总结。每年定期带家人做次体检吧，尤其肝功这一块，平时自己也可以买鸡骨草、岩黄连煮水喝，随着年纪增长，身体不再是吃顿好的早睡一点就能恢复了。"

赶回村里。

还没来得及吃上一口妈妈煮的热饭菜，文秀嘱咐家人"照顾好爸爸"，叮嘱爸爸"要按时吃药"，便独自一人匆匆开车上路。

暴雨引发山洪，阻隔了道路。

"我正在赶回来。一定要随时关注群众的生命财产安全！"途中，她特意给村"两委"干部打电话，叮嘱他们安排好百坭村的防汛救灾工作。

电闪雷鸣。公路水漫。塌方。

"好危险！"

"赶紧调头！注意安全！"

"不要赶夜路！"

深夜，文秀在工作群里发了一条山洪咆哮的视频，同事纷纷劝阻。

6月17日凌晨1时许，文秀发给哥哥一段洪灾视频。

"我被山洪困住了。"

"雨越来越大。"

"两头都走不了。"

"前面有一辆车被水冲走了。"

……

6月17日凌晨两点多，大家再联系。

关机，失联，揪心，祈福，忐忑，等待，期盼奇迹。

6月18日，噩耗传来——

2016届广西优秀选调生，北京师范大学法学硕士黄文秀同志，女，1989年4月出生，百色市委宣传部副主任科员，现任乐业县新化镇百坭村第一书记，于6月16日晚从百色返回乐业途中，遇到山洪冲走了搭乘车辆，经多方搜寻，最终不幸确认遇难。

30岁的生命定格在扶贫路上。这个夏天，无数国人为之动容。人们记住了她——黄文秀，百坭村驻村第一书记。

那个芒果味的夏天
再也不会回来了

　　"完成一件事情，不仅是热爱了才能做好，而是认真做好了才能激发永久的热爱，踏踏实实地做每一件事，有条理地生活，在工作中培植一点诗意，是我一直快乐的原因。"

——黄文秀

她还在

　　"如果那天晚上我执意拦住她，不让她连夜冒雨赶回来……"每每回首那个夜晚，百坭村党支部书记周昌战充满后悔和自责。

　　文文弱弱，秀秀气气。黄文秀给人的印象就如同她的名字一样。

　　"手不能提，肩不能扛，能干得好第一书记吗？"第一次见到文秀，周昌战有些怀疑。

　　"驻村很艰苦，你能坚持吗？"周昌战又问。文秀给他的只

黄文秀（右一）毕业照

是一个微笑。

天生的乐天派。再苦的工作，文秀都能从中找到乐趣，发现甜蜜。"在一个贫困的山村当第一书记，驻村工作那么辛苦，师姐怎么能把生活装点得这么快乐？"2017级哲学专业本科生张晓薇回忆起文秀师姐时，如此感慨。"冰箱里，师姐给我们准备了寿司海苔；桌边上，一大箱的芒果。怕我们不会做饭挨饿，各种帮忙……那段暑期实践因为有了文秀师姐，并不像我想象得那么艰苦单调，而是充满了欢快的氛围。"

"而今，那个芒果味的夏天再也不会回来了。"

怎么就走了呢？"我们常常会在微信里聊聊天，发图，看她每日辛苦而充实地忙碌着，也曾担心过她的安全，着急过她的恋爱问题。但在我心里，一想起她全是美好、欢快、向上的画面……"

"我不知道这几年你是怎么过来的，那么爱美的你，那么向往大城市生活的你，却待在贫困的小村子里。那条漆黑的路，你往返了多少次？那么漆黑的夜，你独守了多少个？那么乐观又坚强的你，那么美丽又善良的你，到底承受了多少的生活的磨难？你那柔弱的肩怎么撑得起？"

"逗孩子玩的师姐，耐心教村里小朋友们做奶茶的师姐，去村里入户走访的师姐，带我们翻山渡河的师姐，真的真的再也不能相见了。"

"换谁都难以接受啊！无论村里男女老幼，不管见到谁，她都是笑脸相迎，主动打招呼，这样的女孩子谁不喜欢呢？"

满屏爽朗的笑容，熟悉她的人感觉文秀分明还在。

百坭女子图鉴

文秀的微信昵称是"百坭女子图鉴"。她的微信鲜有自拍、旅行、佳肴美食，在她的世界，是一番蓬勃的人生景象，一种生存的坚实感。

2019年6月14日13：56
工作记录，下队查看水利设施，缓和群众情绪！

2019年6月15日11：24
百色芒果尝一口！品味在北回归线一度附近发生的夏日故事。

立夏之后的乐业真是美，白凤桃相继上市，东拉码头的蝴蝶谷，从朋友圈就能感受到满满的幸福感。

2019年5月23日7：59

偶遇上山采茶的嫂子，和她体验了采茶的晨间时光，对面山那边桥下养鱼的黄哥音响很棒，在这边也能听到他播放着李玟的《美丽的笨女人》，林间的小鸟的欢鸣，桥下的鸡、鸭、鹅及猪一起喊着，百坭村的一天就这样开始了。

2019年3月26日17：50

这是我们百坭村的公众号，以后白坭村各项活动都会在这里发布，请我们村民扫一扫二维码，填写信息后就能查收到我们的活动通知了。

犹在耳畔的誓言

2019年3月15日，乐业县2019年脱贫攻坚（乡村振兴）工作队誓师仪式。

"为脱贫攻坚倾情沥血，坚决打赢脱贫攻坚战！功成不必在我！功成必定有我！"

——誓师仪式上黄文秀宣读脱贫攻坚誓词

"对党忠诚，积极工作，为共产主义奋斗终身，随时准备为党和人民牺牲一切……"

——誓师仪式上黄文秀重温入党誓词

"我一度认为师大的硕士选调生无论在哪里做的都是最'体面'的工作，薪资优渥、环境良好，但去年暑假在百坭村和文秀师姐相处的一段日子，让我认识到了什么是行为世范，什么是共产党人的使命担当。"北京师范大学 2016 级本科生欧昊翔说。

作为新化镇唯一的女第一书记，黄文秀的干劲和男同胞一样利落干练。

收起裙子、脱下高跟鞋，换上运动装、雨靴、戴上草帽，披肩长发扎成马尾，双脚奔走在泥土里，文秀和姐妹们一起采茶织布，查看堤坝，推广芒果和百香果，帮助村民们防夜蛾。

447 个日夜，扎根百坭，用每一天的努力换来村庄的改变。

道路是泥泞的，生活是简单的，工作是忙碌的，她是微笑的

到百坭村不容易，先乘公交车再走六里路才能到达。

百坭村的路更难走。一般人走得艰难，走得胆战心惊：狭窄的小路弯曲地盘旋在陡峭的山上，两侧是裸露的泥土和巨大的石头。这样一条路，对文秀来说却是家常便饭。在她眼里，这是一条为百坭村早日脱贫而奔波的必经之路。走在这条路上，她时刻提醒自己要为父老乡亲谋出路、谋幸福。

百坭村有11个自然屯，分布在不同的山头，近的近，远的远。刚拿到驾照的她贷款买了一辆汽车，已然做好了心理准备，走村入户，迎难而上。

她就住在村部，家底简单：一张硬板床，一张"沙发"——废旧轮胎搭上木板既是，一间简易的厨房——准确地说，是一个电磁炉、一个电饭煲、几个锅碗、几把勺筷。让人印象深刻的是，床下放着四双鞋子，两双运动鞋，两双雨鞋。早上，她会赶在村民出门前入户做工作，晚上又在家门口等着他们回来，结束

工作中的黄文秀

工作常常要到晚上十点、十一点。

"长征中，战士死都不怕，在扶贫路上，这点困难怎么能限制我前行？"

"作为驻村第一书记，不获全胜，绝不收兵！"

2020年越来越近，她豪情满怀。

她似乎就是为家乡而生，笃定要回来的

文秀是与众不同的。

作为北京师范大学硕士毕业生，她考上广西选调生，被分配到百色市委宣传部。就在大家以为她将在机关稳定下来时，她再次做出选择：驻村，到最贫困的地方去。先在田阳县那满镇挂职，期满后又到乐业县百坭村任第一书记。

有人不解：你是全国最优秀的师范高等学府毕业的硕士，有更多更好的选择，为什么偏偏要回到贫困山区？文秀回答道："百色，是全国脱贫攻坚的主战场之一。作为自己的家乡，面对如此情况，怎么有理由不回来呢？我们党是切实为群众谋发展谋幸福的党，我是一名共产党员，这就是我的使命。"

铿锵话语，掷地有声。

生于百色，长于百色，走出百色，回归百色。

那些美好的

> "全村还有15户56人未脱贫，百坭村基本公共服务还有待建设完善，如何推进产业发展还需继续谋划，但面对这些，我充满信心，行百里者半九十，不搞急功近利，杜绝形式主义……"
>
> ——黄文秀

文秀买来的米酒，静静地放置在村委简易的厨房里酝酿着，就等着全村脱贫的那天，一起庆祝、分享。

床底下一箱羽毛球还没来得及送出去。

她期待着贫困的百坭村蒸蒸日上，越来越多的孩子能够走出村庄、更能反哺村庄。她希望北师大今年的暑期实践队能多来一些会乐器的师弟师妹，使村子里的非物质文化遗产能够得到传承和发展。

她是那么爱美、向往美好生活的姑娘啊——

她说自己黑了，还吵吵嚷嚷着要减肥。那件鱼尾裙，标签还没来得及去下，却再也没机会穿上。

她爱父母。送母亲一只手镯，刻着"女儿爱你"。

桌子上留有她的书画：一幅是父亲背着小女孩的素描，一幅是绽放的向日葵水彩画，一幅是书法作品。出离繁重的工作，画画写写或许是一种释放。

一把吉他放在桌旁，夜深人静时，文秀会拿起吉他，对着夜空哼唱自己喜欢的歌曲。

	b
a	c

a 黄文秀家
b 黄文秀驻村的住处
c 黄文秀工作的地方

思之念之，还是扶贫工作 /

"离 2020 年很近了，时不我待呀。"和朋友聊天，她总会这样说。奔忙之后是收获。家乡的猕猴桃已经开展了"产业地块认领及互助管护"活动，家乡的百色芒果在电视台的"广告精准扶贫项目"开拍了，家乡的桃子也熟了。

村子越来越好。2018年，百坭村贫困发生率从22.88%下降到2.71%，村集体经济收入实现6.38万元。

文秀清楚，不仅要抓经济脱贫，也要注重村规民风的建设。2018年，百坭村更获得百色市"乡风文明"红旗村称号。

一项项成绩的取得，人们看到文秀从年轻稚嫩的大学生变成了独当一面的第一书记，成了村里的当家人。

斯土斯民，情之所系

"很多人从农村走了出去，但总要有人回来的，我就是要回来的人。"

——黄文秀

前行。成长路上，文秀从未停歇。

2008年，她考取长治学院思想政治教育专业。4年的大学生活，老师同学记住了这位来自壮乡、开朗、活泼、勤奋、坚韧的姑娘。

图书馆、路灯下……都留下了文秀学习的身影。

在这里，她光荣加入了中国共产党。"一个人要活得有意义，生存得有价值，就不能光为自己而活，要用自己的力量为他人、为国家、为民族、为社会做出贡献。"文秀在入党申请书中写道。

家境贫困，父母长年多病。这位出身农家的女孩深知：没有党和政府的帮扶资助，自己很难读完大学。"我选择读思政专业，选择加入党组织，都是由衷的、无悔的。"

在这里，她考取了北京师范大学硕士研究生。"我愈发感觉到自己肩上有一种责任，那就是学成后建设家乡、报效祖国。"文秀在日记中写道。

读研期间，她积极参加社会实践。2015年，她参与首届"启功教师奖"评选调研，对基层贫困乡村现状有了更深刻的理解。她说："乡村的未来，在教育，更在人才。"

回到广西深度贫困地区调研，她撰写了硕士学位论文《广西壮族优秀传统文化中德育资源的开发》，以传扬歌校本课程开发为例，探索如何提升德育工作的针对性和实效性。

毕业前夕，文秀决定报考广西定向选调生。

2016年7月11日，是黄文秀正式工作报到的日子，她任职于中共百色市委宣传部。

2017年9月8日，黄文秀开始挂任田阳县那满镇副书记。

"主持全镇会议1次，和镇领导陪同考察团调研4次，准备迎检工作2次，完成2篇新闻稿，走访新生村2017年预脱贫户，同时还有6户的贫困户帮扶任务，其中4户为2017年预脱贫户……"这是她在那满镇一个月的工作记录。

工作中的黄文秀

在乡镇工作，她学会了工作的"弹钢琴"之法——一天之中你会遇到很多的任务和工作，这个时候得分清工作的轻重缓急，但无论遇到什么事情，都要积极汇报并服从安排，认认真真地对待。

从学生角色转换成一名国家公职人员。感受了攻坚办同志都"不以为然"的通宵"作战"，也不断接触到社会的种种现实与不配合……而每当看到人民对基层政府的认可，她又兴奋得不得了："没有什么物质奖励能比得了！"

2018年3月，黄文秀被派驻乐业县新化镇百坭村党组织任第一书记。

文秀的朋友圈

"她是我们学校哲学学院 2016 届硕士毕业生，叫黄文秀。她毕业后没有选择留在大城市工作，而是选择了做一名选调生，回到她的家乡——广西百色，用她的所学来回馈家乡、建设家乡。刚回去的时候，她在百色市委宣传部工作。2018 年 3 月，扶贫攻坚战打响，她主动响应号召，成为了百色市乐业县百坭村驻村第一书记，全面负责百坭村的扶贫脱贫工作。"

文秀的故事走进北京师范大学形式与政策课堂。教师隋璐璐向同学们讲述起这位优秀学长的故事，共同讨论"青年大学生要如何承担新时代历史使命"的主题。

隋璐璐老师展示了文秀朋友圈的一些照片——

第一张是她刚刚进村的时候与村民进行交流，一个小朋友正在用手指着她工作证上面的照片；

第二张是去年10月27日周六上午9:55发的朋友圈，是一张显示睡眠情况APP的截图。她这样配文："从三月份以后第一次睡得这样舒爽！此刻已经跑完步、吃完早餐、晾了衫，棒棒哒！下午赶回村里继续开展工作，以后都是5+1了，朋友们以后要经常想念我。"

第三张是她前往驻村的路上的照片，条件很艰苦；

第四张是她在村民家中了解情况；

第五张和第六张是黄文秀2019年3月15日发布的，是2019年乐业县脱贫攻坚（乡村振兴）工作队誓师仪式，她还配了一个加油努力的表情包；

最后一张是2018年的中秋节，她与小伙伴共度佳节的照片。

"她也是跟你们一样有着青春梦想、有着自己小心思、小情调的女孩，但是在她心中还有一个更大的梦想，那就是国家脱贫攻坚的事业、家乡的经济建设、百姓的脱贫致富。虽然她的工作条件很艰苦，工作强度和挑战都很大，但是从她发的朋友圈我们可以看出，她并不在乎这些，她始终都是以一种乐观积极、充满斗志、势在必得的精神状态投入工作，在百坭村脱贫工作中取得了显著的成绩，收获了当地百姓的信任与好评，自己也得到了历练与成长，她的个人价值也得到了实现。"

"什么是青春，什么是奋斗？主动将个人梦融入中国梦，让个人梦与中国梦同频共振，人生才能出彩！祖国终将选择那些忠

黄文秀朋友圈图片

诚于祖国的人，也终将记住那些奉献于祖国的人。希望大家都要向你们的师姐黄文秀以及众多扎根基层、奉献青春的优秀学长学习，主动将个人梦融入中国梦，让个人梦与中国梦同频共振。只有这样，你们的人生价值才能最大化，也才能获得人生出彩的机会！"

隋璐璐老师讲述着，台下是经久不息的掌声。

掌声之外，一份承诺

掌声之外，文秀留下的是汗水、泪水。

上任伊始，她就写出一份《公开承诺书》。

本人黄文秀，自（2018年）4月1日开始担任百坭村驻村第一书记，现对驻村工作做如下承诺：

1.加强村"两委"干部队伍和党员队伍建设，结合开展创先争优活动，狠抓支部建设，不断提升"两委"干部管理水平、努力提高"两委"班子的凝聚力和战斗力。大力组织党员开展学习教育活动，不断提高党员党性修养和业务技能素质。

2.继续做好清洁乡村工作，加强督查，改善村民居住环境和生活环境，积极推进幸福宜居乡村建设。

3.按照"核心是精准，关键在落实，确保可持续"的要求，真帮实扶、扶贫扶智，根据帮扶对象实际情况制定脱贫对策，努力发展产业，完成2018年脱贫任务。

落款是她郑重的签名。

百坭村全村一共有195户建档立卡贫困户，分散居住在几个不同的山头，近的离村委两三千米，远的有十几千米。如何在最短时间内掌握全村贫困户的详细情况？

她坚持用土办法，对村内的贫困户开展遍访工作。

"新手"

文秀开车上路了，但扶贫之"路"并不顺，辛辛苦苦地翻山越岭、走街串户，换来的却是怀疑，排斥——

"之前来了这么多书记，有的来村里镀层金就回城里升官了，你这个小年轻估计也是来走个过场的，我们跟你聊了也没用。"

"你一个女娃娃就能行？别在这儿耽误工夫了，赶紧回城里享福去吧……"

"我要享受低保，要小额信贷、产业奖补，你不给我，我就不签字。"

困难超出她的想象，疑惑、不解、委屈，百姓们为何如此？一个从没有接触过农村工作的"新手"犯难了。

请教村里的老支书。"农村其实是一个熟人社会，老百姓们跟你熟了，自然就接纳你了。你刚来老百姓们对你还不熟悉，他们不愿意与你深聊，你也要理解他们。"

那晚，她一宿没睡着，思考着驻村第一书记该是什么样子？如何才能跟老百姓熟络起来？如何让老百姓觉得自己和他们是一样的？

再到贫困户家里，她不会拿着个本子问东问西，而是脱下外套帮贫困户扫院子、喂鸡鸭、唠家常，和村民一起干农活。

她学会了当地农民的桂柳话，端起了满是茶渍的搪瓷缸，喝上了略显浑浊的玉米酒。黄文秀一户户敲开贫困户的大门，走进贫困户的心。时间久了，村民也开始慢慢地接受她。"你这个女娃娃还真是难'缠'得很哩！"村民们和她开起了玩笑。

慢慢，工作越来越顺，直至贫困户光荣脱贫。

"只有扎根泥土，才能懂得人民。"怀着感恩的心行走在扶贫路上。俯下身、蹲下来，成为村民的自己人，一切豁然开朗。

工作中的黄文秀

工作中的黄文秀

"文秀书记" /

村民们彻底信服了。

文秀走遍全村195户贫困户，把所有贫困户的名字都标注在自己亲手绘制的百坭村"地图"里。

"文秀书记将政策讲通讲透，凝聚起脱贫的向心力。"白坭村党支部书记周昌战说。

调研，摸底，文秀找到百坭村发展的重点：交通、产业和教育。她实地勘察村道，跑项目，做方案，全程跟进实施；她带领群众学习种植经验，结合山里实际，发展特色产业——种植杉木、砂糖橘、八角、枇杷等经济作物，成为群众脱贫致富的支柱产业。

百坭村种有2000亩砂糖橘。过去，找市场一直是伤脑筋的大问题。文秀有办法：她争取资金，修好产业路；积极发展网络电商，吸引来广西、云南、贵州等省的大果商，一次性收购量可达几万斤。解决了群众的销售之忧，种植砂糖橘的贫困户每户增收

2500余元。

她陆续帮村里解决了4个屯的道路硬化，修建蓄水池4座，完成两个屯路灯的亮化工程。经过努力，百坭村实现了贫困户户户有产业，村集体经济项目增收翻倍。

她深知："扶贫必先扶智、扶志，只有彻底铲断'穷根'，才能阻断贫困代际传递。"她筹划给村里建一所幼儿园，想让村里的孩子跟城里孩子一样，能接受到学前教育，增长见识、开阔视野、快乐成长。2018年，村民黄仕京家两个孩子读大学，文秀帮他申请了5000元"雨露计划"补助。她积极协调北京师范大学的学子定期到百坭村开展大学生社会实践，为村里组织文娱活动、教孩子们唱歌弹琴画画……

喜悦在百坭村飘荡：村里积极开展乡村治理青年志愿者服务，通过举办村规民约吟诵比赛、全村道德模范人物评选和文明家庭评选活动，提振基层群众的"精气神"。

工作中的黄文秀

工作中的黄文秀

我心中的长征

"在我驻村满一年的那天，我的汽车仪表盘的里程数正好增加了两万五千公里，我简单地发了一个朋友圈：'我心中的长征，驻村一周年愉快。'"

——黄文秀

驻村第一书记的工作是繁杂的：党建引领、产业增收、清洁乡村。

驻村第一书记的生活是清苦的：风里来雨里去，那是家常便饭。

驻村第一书记又是幸福满满的：当村子里的路灯点亮时，你能感受到他们再也不用摸黑走夜路时的欢畅与痛快；当慰问品发到贫困户手里时，心头自然多了沉甸甸的责任感与充满希望的喜悦之情。

她给村里的扶贫工作群取了一个响当当的名字——"百坭村

乡村振兴地表超强战队"。让人欣喜的是,百坭村一年间实现88户418人脱贫,整村脱贫指日可待。

行驶过的扶贫之路,对她而言,更像是心中的长征。

《西行漫记》是文秀上大学时,老师推荐的书目。"探寻红色中国""到红色首都去的道路""一个共产党员的来历""长征"……大抵都是她经常翻阅的章节,或许不经意间,她便从字里行间汲取到了精神的力量。

再回望,那张刻骨铭心的背影让人心痛——

2019年6月14日,文秀穿着印有"第一书记黄文秀"的红色马褂到河沟边查看暴雨冲毁的水利设施。当晚,组织村干部制定了抢修方案,申请项目,列出维修任务清单,计划回村后立即实施。

如果不是意外,一切如常,她会有扶贫工作的第二年、第三年,她会请北师大的学子继续暑期实践……

文秀走了,她在百坭村的未竟事业依然还在。每天清晨,村部所在那座山头的鸟鸣也许就在诉说她的梦想。

这里，就是诗和远方 /

"看到自己家乡变得越来越好，有越来越多的优秀人才加入选调生队伍，共同助力广西的经济建设和发展，我个人真的感到非常开心。广西山水美如画，处处是桂林，这里就是你的诗和远方。"

——黄文秀

"回想起来，当初文秀回家的坚定，也像她的笑一样容易感染人，影响着我回广西。"文秀同学陈丽美回忆。

2016年7月，她们一起回到了广西，文秀在百色，丽美在南宁。

"大海退潮后，很多鱼留在了岸边。一个小女孩不停地把鱼一次次放回到海里。"陈丽美讲起文秀曾给她讲过的这个故事。

"3年前，我不知道文秀为什么回来得那么坚决；3年后，文秀用她的一言一行，甚至在她生命最后一刻，仍然那么勇敢，我终于明白她要回家的路。她就是那个小女孩，就是那个要坚决回家，不断回馈家乡的那个人。"陈丽美含泪述说，生活中没有了文秀，伤痛会长久地陪伴着我们；生命中有了文秀，我们就有了继续前行的力量。就算我们很平凡、很渺小，我们也绝不后悔我们当初的选择，投身建设生养我们的这片土地；就算我们有了"选调生"或是"研究生"的光环，我们仍然需要一步一个脚印地走。

黄文秀在北京师范大学操场的留影

文秀走了，更多人来了

"在他人踌躇时做出脚踏实地的努力，在质疑中将工作做到细致入微，赢得了村民的信任与尊重。"同窗好友刘娟娟感念，"文秀的殉职，让我们重新思考生命的意义。我们总觉得，国家、民族、社会，是很大的词；我们总以为，个人似乎离国家很遥远；我们很苦恼，青年如何才能为国家社会的进步担当责任。文秀，是我们身边'行为世范'的楷模，更是我们学校的榜样！"

"作为新时代的青年人，到祖国和人民最需要的地方发光发热才是青春最热血的'打开方式'"。黄文秀，成为这个时代青年人的精神标杆。

文秀走了，更多人来了，这就是对文秀最好的告慰！

百色市委宣传部的干部杨杰兴接过了黄文秀的"接力棒"，来到百坭村担任第一书记。

兰州大学优秀选调生、乐业县委组织部干部谭天社入驻百坭村。

在时代楷模发布厅的节目现场，5名应届毕业的选调生以青春之名，以党员初心宣誓——

"我宣誓，带着自己的使命，担起时代责任！"

我们在哪里？我们可以做什么？真诚的话语闪耀着青年一代奉献的初心和担当。无数个像黄文秀的年轻人汇聚成了中华民族伟大复兴的磅礴力量，写就别样的青春之歌。

扶贫，从"新手"到"熟路"

文：黄文秀

2019年全国"两会"召开期间，习近平总书记在参加各省代表团审议时多次谈到脱贫攻坚。在参加甘肃代表团审议时，习近平总书记强调："脱贫攻坚越到紧要关头，越要坚定必胜的信心，越要有一鼓作气的决心，尽锐出战、迎难而上，真抓实干、精准施策，确保脱贫攻坚任务如期完成。"作为脱贫攻坚一线的基层干部，学习习近平总书记的讲话精神，我深有感触。

2019年3月26日，我担任百色市乐业县新化镇百坭村驻村第一书记刚满一年，一年来，我坚持带领群众学习贯彻习近平总书记关于扶贫工作的重要论述，坚持吃住在村，摸透村情民意，团结党员群众，以昂扬的斗志、饱满的热情、旺盛的干劲，带领村"两委"干部如期完成百坭村2018年的各项脱贫攻坚任务，从一名扶贫"新手"变得"轻车熟路"。

"新手"如何"上路"

在我驻村满一年的那天，我的汽车仪表盘里程数正好增加了25000公里，我简单地发了一个朋友圈："我心中的长征，驻村一周年愉快。"

还记得初到百坭村的情景，那时候我还是一个从没有接触过农村工作的"新手"。为了贯彻落实习近平总书记一直强调的"坚持精准扶贫、精准脱贫，找到问题根源，增强脱贫措施的实效性"，为了全面掌握百坭村的致贫原因和现状，我坚持用土办法，对村内的贫困户开展遍访工作，认真查、摆问题，并听取民情民意。

但是百坭村全村一共有195户建档立卡贫困户，分散居住在几个不同的山头，对于我这个不熟悉地形的"新手"来说，要在最短时间内掌握全村贫困户的详细情况，是非常困难的。但我没有失去信心，我想起了那句话——"让扶过贫的人像战争年代打过仗的人那样自豪"，长征的战士死都不怕，这点困难怎么能限制我继续前行。

到了驻村第二周的周末，我将车子小心翼翼地开到村里，正式开始我的扶贫之"路"。作为百坭村首位女第一书记，村民对我的到来都表示怀疑：

"之前来了这么多书记，有的来村里镀层金就回城里升官了，你这个小年轻估计也是来走个过场的，我们跟你聊了也没用。"

"跟你说了你能帮我们解决问题吗？来了这么多第一书记都没让我们村富起来，你一个女娃娃就能行？别在这儿耽误工夫了，赶紧回城里享福去吧。"

听到村民们这么说，我觉得心里憋屈，搞不懂为什么我辛辛苦苦地翻山越岭、走街串户，老百姓们却对我这么排斥。

我找到了村里的老支书向他请教，老支书语重心长地对我说：

"黄书记，你刚来老百姓们对你还不熟悉，他们不愿意与你深聊，你也要理解他们。农村其实是一个熟人社会，老百姓们跟你熟了，自然就接纳你了。"如何才能跟老百姓熟起来？那天晚上回到宿舍，我一宿没睡着。要想让老百姓愿意接近我，就得让老百姓觉得我和他们是一样的。

从那以后，我到贫困户家不再拿着个本子问东问西，而是脱下外套帮贫困户家扫院子；贫困户不让我进家门，我就去两次、三次；贫困户不在家，我就去田里，边帮他们干农活边聊天，时间久了，村民们跟我见得多了，开始慢慢地接受了我。"你这个女娃娃还真是难'缠'得很哩！"不少贫困户跟我开玩笑说。

经过两个月的摸底，我基本掌握了全村概况，百坭村共有472户2068人，建档立卡贫困户195户883人，2017年未脱贫的为154户691人，因学致贫和因残、因病致贫占比最高。

除了走访全村的贫困户之外，我还有针对性地走访了村内党员、退休村干、退休教师以及各村屯的小组组长。他们反映最为集中的一个问题就是山上片区5个屯的通屯道路硬化问题。这5个屯在2014年已经修通通屯的砂石路，但南方雨季长、雨量多，多处路段砂石已被雨水冲刷流失，一下雨，路面就泥泞不堪，坡度较陡的路段（在）雨季（里）摩托车都不能通行，还有一些路段因泥石流、滑坡等出现了垮塌。这不仅影响了附近群众的交通出行，还有一个关键问题，全村的产业都集中在这5个屯的范围内，因此基础设施的完善对百坭村的发展至关重要。对于群众反映的这些问题，我都一一记录在驻村日记中，并向上级相关部门反映情况。2019年，除了两条路已达到通屯道路标准没有列入之外，其余3条路已列入乐业县2019年第一批财政专项扶贫资金安排项目。

习近平总书记关于"六个精准"的论述一直是我开展扶贫工作的方法论，为了实现"帮扶措施"精准，按照县里的统一要求，我在村内组织召开了多轮研判会，针对全村未脱贫户、已脱贫户，每一位结对帮扶干部就自己帮扶贫困户的收入情况、产业发展情况进行了汇总。对于已脱贫的贫困户也不能降低帮扶力度，继续做好跟踪帮扶工作，同时建立返贫预警机制，巩固脱贫成效；对于未脱贫户则是因户施策，杜绝虚假脱贫和"数字"脱贫。同时，同步做好国家扶贫政策的宣传，提高群众的"知晓率"和"获得感"。

"我也要让家里的孩子在大学里申请入党"

和村民渐渐熟悉之后，他们开始好奇我为啥要跑到农村来工作。有一次，在全村最远的长沙屯走访结束后，该屯的黄仕京坚持要留我们在他家一起吃晚饭。黄仕京家有5口人，父亲已经84岁，大儿子是广西民族大学大二学生，小儿子则于2018年7月考取广西医科大学，家庭开支主要依靠销售家里种植的八角和农闲时黄仕京外出务工维持，家中因学致贫。我了解到情况后，及时为他家申请了雨露计划，一次性获得了5000元的补助，解了他家的燃眉之急。饭间，黄仕京突然问我："书记，听大家说你也是大学毕业，还是北京回来的研究生，怎么会想要到这么边远的农村工作呢？我的孩子以后也会面临着找工作问题，我真的好奇你当初的选择。"

我思考了片刻对他说："百色，是一个集革命老区、少数民族地区、边境地区、大石山区、贫困地区、水库移民区'六位一体'的特殊地区，是全国脱贫攻坚的主战场之一，作为自己的家乡，面对如此情况，怎么还有理由不回来呢？一位世界著名的社会学家说过，'一个国家的落后在于精英的落后，而精英的落后在于嘲笑民众的落后'，我们党深刻明白这个道理，从而提出要教育扶持一批人脱贫，并且扶贫要扶志和扶智，这样一个切实为群众谋发展、谋福利的党，怎么能不响应号召呢？"同桌的老人听了我的话后，当场端起酒碗向我敬酒，表示也要让家里的孩子在学校申请入党，以后让孩子回家乡。听到他的话，我心里非常感动，自己的工作能够让群众真切感受到共产党的好，对我来说是非常大的鼓舞。

2018年行驶过的扶贫之路，对我而言更像是心中的长征，在这条路上，我拿出了极大的勇气和极大的信心，克服各种困难，带领全村2018年通过易地扶贫搬迁脱贫18户56人，教育脱贫28户152人，发展生产脱贫42户209人，共计88户417人，完成了屯内1.5公里的道路硬化，4个蓄水池的新建，一个屯17盏路灯的亮化工作，村集体经济收入实现6.38万元，获得了2018年度"乡风文明"红旗村荣誉称号。

截至目前，全村还有15户56人未脱贫，百坭村的基本公共服务还有待建设完善，如何推进产业发展还需继续谋划。面对这些，我充满信心，我将一如既往地坚持贯彻落实习近平总书记关于扶贫工作的重要论述，坚持目标标准不动摇，贯彻精准方略不懈怠，行百里者半九十，不搞急功近利，杜绝形式主义，继续加强农村基层党组织建设，继续增强群众获得感、幸福感、安全感，为百坭村如期打赢脱贫攻坚战、如期和全国同步进入小康社会作出新的贡献。

《光明日报》（2019年06月24日 03版）

The Characters of Youth

第 2 章

天地一农人

——续写曲周新篇的农大学子们

青春关键词：

「不忘使命」

有怎样的历练就会有怎样的优秀。走出实验室，到田地去！「面朝黄土背朝天」「鸡犬鸭鹅满庭院」的现实让学子们清醒地认识到「解民生之多艰」「育天下之英才」的使命召唤。在曲周驻守，为当地种下了「科学」的种子，写下了青年知识分子为国为民的家国情怀。

新农人

喜欢这样看着夕阳，与它慢慢告别。

"还不走啊！"师弟师妹忙不迭地"赶"她。王晓奕笑着，心里明白，真的要和曲周告别了，和前衙科技小院告别了。

王晓奕，中国农业大学科技小院研究生，2017年6月毕业于河北农业大学农业资源与环境专业。

这位土生土长的河北人并不识得曲周。认识河北曲周，源于2017年中国农业大学专业硕士新生的一场特殊的"暑期培训"——42名新生在一封邮件的 "召唤"下，从全国各地来到曲周，参加学前培训，学习农业生产知识、了解三农现状。

高铁时代，3小时就可以从北京到达这里，但这可是只念书本的他们并不熟悉的农村。

曲周与科技小院 /

　　中国农业大学第一个科技小院，始于 2009 年，就在曲周。曲周和中国农大的渊源可以追述得更久：从 1973 年，农大 7 位老师来曲周驻守，改土治碱，种下了"科学"的种子算起，已走过 46 年。一群现代农人：他们是院士、教授、研究生，他们的工作地点不仅是在实验室，更是在果园、庄稼地、农家，奔波在乡间小路上，取土、施肥、除草、打药、剪枝……他们又不同于这里土生土长的农人，还要观察、测量、培训、讲课、答疑、研究、开现场会议、为国际友人讲解。

　　2006年，农大教师张福锁带领师生来到曲周，开始"二次创业"。在曲周无偿提供的300亩土地上，大批教师和研究生围绕"农业可持续发展"开展研究攻关，描绘出曲周未来10年、20年的农业新图景。

　　2009年，万亩"小麦/玉米高产高效技术示范基地"建立。李晓林等老师在白寨一处荒废的院子里建立起第一个科技小院。

"来了，就没想走。"一贯的风格，一样的义无反顾。坚持成就了具有鲜明农大特色的"科技小院"实践育人模式，并从曲周走向全国各地。心系土地，曲周人真心愿意"农大人"长久驻留。

新农人成长三部曲

真正成为一名新农人，要经历三个阶段——

1. 入学前两个月。深入农村，住农家、吃农饭、干农活，与农民同吃同住同劳作；生产实践锻炼，发现三农问题，深入农村，了解三农现状，培养三农情怀。

2. 第一学期。青年人们在校进行理论课程学习，掌握研究方法；参加学术会议，听取学术报告，认识学科前沿，培养科研视野。

3. 第二至第五学期。深入生产一线，针对农业生产问题开展技术创新研究，针对农村发展模式进行革新探索研究，针对农民生活方式开展宣传引导。

一句话，撂在院里，让学生们实打实地和农业、农村、农民零距离接触。小院还有一项特别规定：不向农民收取任何费用。

当接力棒交到了更具创新活力的"80后""90后"手里，他们重复着农人的日常生活，又有不同：他们建起了科技小院，成为科技小院的主人，这里发生的故事发表在《科学》《自然》杂志上，拘谨、内向的学生成为《自然》第一作者。

曲周，经历千年之变，重回自然之美；师生，经过大地洗礼，更清晰学人在天地间应有的位置。非凡之下，是知识分子走出书斋，在大地书写的豪情，是中国农大人"解民生之多艰、育天下之英才"的使命召唤，是农大人"责任、奉献、科学、为民"的精神之光闪耀。

故事里的人 /

　　平日里，王晓奕和小院的师弟师妹依旧早上5点多就下地种葡萄了。

　　王晓奕感慨，"嫁到村里的大婶真是辛苦，通常到这个时候，她们都到地里干活去了。葡萄是村里的主要产业，葡萄种植也主要靠她们。冬有冬活儿，夏有夏活儿，一年到头，真没个歇。"葡萄熟了，装完筐，她和小伙伴就要取土测量。一拨一拨，从早上七八点、十来点到中午两三点，下午四五点、六七点，她们要在地里来来回回多次，一户一户，测完一项接着又一项。

　　有了那次"暑期培训"，科技小院的学子们就熟悉了田间取土的工作，辛苦却是最难忘的一段时光。师兄、师姐会更早起床，准备热气腾腾的早餐，然后开着电动三轮车把早餐送到一群嗷嗷待哺的"小狼崽"的手里。大家就那么蹲在田地间，吃得格外香甜。

　　一晃，两年了。对他们而言，村庄的名字如同化学符号熟稔于胸：王庄、白寨、张庄、范李庄、甜水庄、相公庄、司寨、后老营。村里的七拐八拐的小路，路旁碰到的大婶、大伯、孩子没有不认识的。那些高高低低、或新或旧的院落没有没去过的。

在前衙村，党支部书记龙书云最爱和同学们说的口头禅就是："科技小院来了可不准走，要永远都在这里！"在王庄村支部换届大会上，村民投票把农大学子黄志坚选为新一届的村党支部书记。在甜水庄，村民将小院研究生奉为贵宾，甚至邀请来主持自己儿子的婚礼。在大河道后老营村，农民自发捐款，你五元，他十元，为农大师生唱大戏。

听着，听着，晓奕也成为故事里的人。

一切仿佛刚刚开始。

走出实验室，到田地去 /

农大有个传统：走出实验室，到田地去！

从生产中来、到生产中去的"科技小院"成了新一代学子最好的锤炼，这是向着未来打开的一扇新的大门，是重塑自我的契机。

"春耕、夏耘、秋收、冬藏，四者不失时，故五谷不绝而百姓有余食也。"契合农时，农人安顿四季，不慌不忙。

如今的人们早已不再这样慢悠悠地生活，而是希望更快，更好。

当土地上的青年人离开乡村之时，一批中国农大的研究生在2009年开始了曲周乡村两年的"科技小院"的农人生活。

"你见过哪个研究生有这样的条件，独门独院，要好好珍惜！"学生们自我宽慰。

独门独院不假，可当初各种生活设施缺乏，这群年轻人经历着种种不适应。厕所，原生态的；洗澡间，没有；刷锅洗碗，乡亲们不用洗洁精，如果油腻的话，就会从树上拽下几片叶子擦擦；午餐，在田间地头，馒头配大葱；空调呢？暖气呢？你想啥呢？

陌生的农村生活没有想象，越来越真实——

"北京梦、研究梦忽远忽近，在皇城根底下读研究生的想法渐渐冷却，将自己变成了地地道道的农民。"

"面没煮熟，汤熬糊了。充了一晚上的电动车第二天竟然一点电也没有。"

"夜晚，灯泡上围满金龟子和二点委夜蛾，一圈一圈地飞舞着。"以前生活在象牙塔里，太过于安逸。

"在房屋外面挂个牌子就叫科技小院？还要搞文艺活动？农村一两间房就做科研？怎么发文章？能顺利毕业，找到好工作吗？这是读研吗？能有什么出息？"

不似在学校种植几垄蔬菜的小试身手，不似乡野观光的惬意逍遥，"面朝黄土背朝天""鸡犬鸭鹅满庭院"的现实让他们感受到了艰辛、凌乱、尴尬。

要命的是，老乡倔强、坦诚地透露出的不信任。

"大学生，你种过几年地？"

"就一季？那你还指导？"

"这些实验做了多少年？"

"有 50 年吗？我种了 50 年的地了，比那些实验的时间长吧。"

　　毕竟要学习研究，需要获取数据，需要调研、测量、询问，需要放下身段和老乡讲话，一扇门的距离就是厚厚的阻隔。往前行进一步，并没有那么容易。

未竟之事业，薪火相传

怎么待下去?

"把自己变成一个农民，然后再从农民变成一个研究人员。中国不缺少农民，也不缺少科学家，缺少的是了解农民，能为农民服务的科学家。"中国农业大学教授李晓林都会这样告诉学生。

对这位海归教授而言，"科技小院"的重要性绝不弱于他曾经就读过的德国霍恩海姆大学的实验室。曾经的他忙于实验、撰写论文，也获过不少奖项。现在的他深有感触：只有在广阔的田地间，只有当科研成果在农民手里变成了生产力，才是最大的价值。

撤下"城里人""大学生""研究生"的身份和标签，向农民请教，年轻人们学会了以怎样的语气讲话才能更让村民接纳自己，学会了如何和村民们变得更亲密。

一届届的农大老师都曾这样。张福锁有句常说的话："想想当年的石老师、辛老师，在我们现在这个年纪的时候，他们在哪里？他们蹲在曲周农民的地里！"

"汗水，把老碱淋洗。赤诚，把农民变成兄弟。"每年清明，曲周人都会自发到实验站的树林中，祭奠辛德惠院士。这样无声的赞誉大抵是老乡给予的最高礼赞，当一位学者把知识与这片土地融合在一起，就体现出他的人生价值。

即便今天，年轻的学生还能用数据描述出辛德惠院士留给曲周的"礼物"：在王庄，常年秸秆还田加上深翻，年年都比周围村庄小麦玉米长得好。

时间久了，学生们了解更多前辈的故事。辛德惠院士有个外号"马大哈"——把T恤衫反穿，衬衫的扣子系成"驴拉磨"，擦脸毛巾与擦脚毛巾总是搁在一起。他满脑子都是课题、课题、课题，又怎会注意到生活细节。

一年365天，有不少老师300天都守在试验区，顾不上家，顾不上孩子。激情洋溢在胸，把盐碱当营养，让冰霜化作雨露，辛德惠在曲周工作了27年，27年累积的信任缔结出和曲周刻骨铭心的亲情。

在实验站，在村民口中，农大老师的故事一次次回荡。前辈们都如此艰难走过来，年轻人更没理由当逃兵。

解开难题的密码

落脚曲周，刚来的学生常常会听到一些颇感意外的词——

"神"，那是农民朋友描述李晓林老师用的词；

"感激"，那是农民朋友特指以张福锁老师为代表的中国农业大学；

"亲人"，那是农民朋友对小院师兄的描述。

还会有奇迹出现吗？

难题层出不穷。当年，改土治碱解决了温饱问题。今天新农人们面对的挑战是如何协调粮食生产与资源、环境的关系，协调粮食增产与农业增效及农民增收的关系，走出一条高产高效的绿色可持续发展之路。

"一墙之隔，就是问题所在。为什么实验站的数据和村里相差那么大？实验数据可否变成农民们真正的产量？"数据困扰着教授，实验田与农民的田地中间隔着什么？"最后一公里"的突破在哪里？解决问题的密码在哪里？

走进每一个科技小院，都会看到院墙上写着农大的校训："解民生之多艰、育天下之英才"。在村子里待久了，学生们慢慢体悟出："解"，首先是"了解"，其次才能是"解决"。

这就是密码。

科技小院是深入农村和生产一线的"据点"。

一辆电动车、一条或泥泞或尘土飞扬的田间小路、一个充满朝气的研究生、一个渴望科技的农民、一个记录点点滴滴的科研板、一片田地，这样的生活圈构成了农大学子们在科技小院生活的主旋律。

现场指导、科技小车、科技喇叭、科技长廊、组织留守妇女成立"三八农民田间学校"、建立"三八"示范田，"手把手、面对面、全覆盖"的新型农业技术服务模式，所有的努力改变着农民，改变着村庄，也改变着他们自己。

晒黑了，变粗糙了，不按辈分"老黄、老黄"叫起来了，心也就慢慢走近了。

村民们感觉到了科技小院和其他推广服务不一样：学生就住在他们身边，和他们一起进步。

就像当年村民提起"农大"这两个字一样，"农大学生"的分量日益加码。

眼里有光

　　"你不知道，你们的学生有多优秀。"当张福锁院士在一次国际会议上讲述中国农大"科技小院"的故事之后，与会专家们纷纷表示。

　　确实不一样。张福锁细细琢磨，"眼里有光。"农大老师看学生总有种毫不掩饰的称赞，学子们眼神中透露出的那种坚毅是在科技小院历练的青年独有的。

　　作为村子里的一分子，他们要参与科技小院所在村庄的公益事业，举办多种文化交流活动、农村社会活动，这样的学习可谓历经风雪冰霜，波澜起伏。

一个人的小院

王庄科技小院挂着曾经驻扎在这里的农大学生的画像。黄志坚就是其中一位。他的故事在"大哥"王怀义口中流传着。

黄志坚，广东省人，2010—2012年，驻扎在河北省曲周县王庄科技小院。他不仅开创了"一个人建立一个小院"的新模式，而且构建了曲周县王庄村小麦/玉米高产高效种植技术推广体系。

小狗，常常成为驻扎科技小院的学生的陪伴，尤其是当小院只有一人的时候。黄志坚给自己的小狗取名为"猫猫"，猫猫性格很随和，也很聪明。每天，猫猫都会蹲在电动车的脚踏板上，和黄志坚一起下地看苗情。太阳透过村口的两排杨树，洒下一片斑驳的光影，一辆电动车走过，车上的一人一狗热情地和村民打着招呼。

6月，沉沉的麦穗缀满枝头。王庄的示范方迎来了实打实收的现场测产大会。当收割机走过小麦地时，除了麦穗，也把黄志坚的心收走了。紧张，很紧张……

"小麦的测产结果出来了，1320 斤，12.5 个水分，符合国家标准。"

1320斤，比王庄1000斤左右的产量水平整整提高了30%，也刷新了曲周县历史最高产量纪录。王庄科技小院的第一仗打赢了。到了第二年，村里80%的地块都用上了小院的技术。

面对问题，解决问题。到毕业的时候，那个坐车15分钟就会晕车，不敢离家的少年已经成为独立真诚自信的人。

与所有人一样，从抗拒到融入骨子里，王庄已成为黄志坚的第二故乡；从村民开始的不解，到当选为村支书，得到大家认可。黄志坚明白了李晓林老师当初的那番话："你现在是一个人一个战场，王庄就是你发挥的天地。"王庄真的与他分不开了，最美的青春写在这片大地上。有什么地方不敢去的呢？离乡背井，在小院呆了两年，发表过文章，也完成了自己的硕士论文；有什么事情不敢接的呢？一个人创建一个小院，一步一个脚印，也获得了大家的认同和掌声。生而为人，需要获得一份自己认可的经历和体会。

成长，一步一脚印

　　从实验站到科技小院，日渐消弭了和农民之间"最后一公里"的阻隔，同时，这里也是一方成长的沃土。

　　2017年9月，黄成东入职成为中国农业大学资源与环境学院一名光荣的人民教师，当年，他可是科技小院科技小车宣传员第一人。

　　2010年，在曲周度过的第一个冬天，黄成东就遇到了50年一遇的冻害。那年，整个曲周县苗情较以往差不少，苗弱苗少，对小麦丰收提出了极大的挑战。示范工作如何展开？采取什么样的措施才能保证小麦灾年丰收呢？

　　眼前一晃而过的摩托三轮车帮他打开了思路：为什么不用摩托三轮车呢？虽然没有科技直通车的气魄，但摩托车也可以很好地适应曲周县域农户地块狭小的限制，同时也能行走于大街小巷。带上喇叭，让科技小院的对策从喇叭里传出来，传送到家家户户。

他从白寨乡政府借来彩旗，绑在三轮车的四周，随风招展。跑到县城里，做了四幅喷绘："双高技术服务车"（表明用意）；"以促为主及早管理，强化肥水夺取双高""实践科学发展观，免费服务到田间"（表明来源及技术）。焕然一新的科技小车走村入巷，进地穿田，为农民送上了最迫切需要的实用技术。为期15天的零距离科技服务也缓解了当年的冻灾。

在科技小院的日子里，青年人就是这样不断挑战自己，不断成就自己的过程，经历越多，成长越多。

赵鹏飞，用打颤的声音和发抖的四肢在范李庄村的马路上完成了他人生以来的第一场农民培训。

一位大妈对着他说："国家没有白培养你们这些研究生。"这句话在他心里暖了好久好久。

高强度的培训锻炼之后，他也可以独立为前来询问小麦玉米种植知识的农民们答疑，能够独立去组织田间活动，甚至是作为中秋晚会主要的策划人完成任务。

李宝深看起来书生气十足，却是"全国科技小院网络"学生里实战经验最为丰富的几位元老之一，还没有毕业的他已经成为广西一家育种与栽培技术工程研究中心副主任。

曹国鑫已是深圳一家植物营养研究所副所长，主要负责新型肥料产品研发和养分管理解决方案的开发，并以联合创始人身份参与两家农业服务公司的创办。

刘瑞丽，2010年6月入驻——白寨科技小院。2011年4月，她与高超男、贡婷婷联合曲周县范李庄村妇女带头人王九菊开辟全国第一个针对农村妇女的科技小院——"三八"科技小院，服务周边多个村庄，开展科技培训，开办妇女田间学校、识字班，举办母亲节、中秋节晚会等。

曲周，这里记录了他们的成长，留下了他们的汗水。

"在曲周的时光教会我，不要害怕放慢自己的脚步，有的时候，脚踏实地了，慢，是为了更好的快……曲周，让我有了更加丰富多彩的人生，不仅仅是经历，还有那份经历背后的历练。"曹国鑫说。

服务农民的第一步是走近农民。导师给他支了一招——去农民家吃饭，而且是农民主动邀请的。"第一顿饭吃得'死皮赖脸'，第二顿饭是农民出于对我选对种子、肥料的感激，第三顿饭他们把我们当作自家人，还邀请我主持婚礼。"

成长，就这样一步一个脚印。

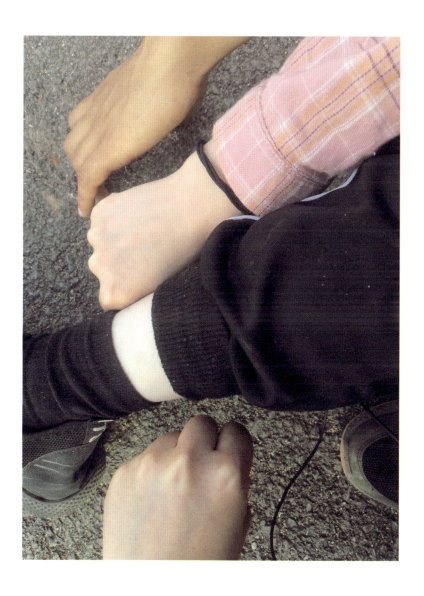

"论文是写在曲周大地上的"

　　曾经在村屋里苦苦纠结"在农村能写出毕业论文吗？能顺利毕业吗？将来又能做什么？"的曹国鑫没想到，他以第一作者身份，在《自然》上刊发题为《科技小院让中国农民实现增产增效》的研究论文。

　　在农大师生心间，论文从来都是来源于生产，论文是写在曲周大地上的。《运用浅井-深沟体系，综合治理旱涝碱咸》是曲周试验区正式发表的第一篇论文，这也是曲周试验区将已经写在大地上和农民心中的"文章"转录成的第一篇学术论文。

　　与国家现实需求结合，与生产一线结合，让中国农大与众不同。科技小院先后参与发表学术研究文章173篇，其中SCI论文29篇，包括4篇《自然》、1篇《科学》、2篇《美国科学院院刊》论文；同时还编了8部实用技术图书，研发6个产品、获得18项专利。

　　发生在中国大地的故事正成为世界关注的故事。如何以更低的环境代价获得更高的作物产量？小农户经营可否实现规模化？

在曲周的实践在其他发展中国家有着广泛的借鉴作用。

在甜水庄一块40亩的土地上完成了第一次大方操作，开创了"土地不流转，也能规模化"的先例。在经历3个冬小麦－夏玉米收获季，大方操作的冬小麦较对照区增产15.5%，夏玉米较对照区增产9.2%。这些结果相对于千千万万的农户来讲微不足道，但正是这一点一滴的实践，给中国的小农户带来希望。

针对曲周农民土地地块小而分散、土地流转尚不能普及、短期内难以集中规模经营的问题，探索出以科技小院为技术支撑、以产业发展为导向，通过生产合作社、农机合作社、村委会等组织或科技农民将农民土地集中在一起，采用"按方组织、形成规模、统一操作、集中服务"方法，实现多种农业规模化生产模式，为推进"一家一户"分散经营的传统农业生产方式向规模化经营方式的转变和"双高"技术的示范推广提供了新途径。

科技小院先后在我国小麦、玉米和水稻主产区建立了绿色增产增效技术体系，通过13123个田间实证研究验证了技术的增产、增效、减排、增收潜力。在此基础上，与全国2090万农户一起应用这些绿色增产技术模式并获得了增产和减少环境污染的好效果，累计推广面积3770万公顷。

小院师生说：不是科技小院有多牛，而是有一群志同道合的"农人"在为信念而不懈奋斗，努力去改变中国农业的未来，播种乡村振兴的希望。

生活，有无数种可能。常人经历的只不过是习以为常的那一种。小院生活给了师生们从未有过的历练、艰苦、幸福，终生难忘。

"眼里有光。"那是自信的光芒，那是自然风雨浇淋下的坚强，这样的学生还用担心吗？因不希望重复同样的自己，他们做了最具挑战性的选择，这何尝不是一次机遇。他们在自己的星空，创造出精彩。

四时行焉，百物生焉

冬闲时间，正是培训的好时机。小院人就是在这样的培训中被历练出来，不再蜗牛式地钻在自己安逸的壳里，适应和不同年龄的农民打交道，这也正是实践育人的有效途径。

2018年1月，科技小院60余名研究生党员、入党积极分子将党的十九大精神宣传到曲周每一个村庄，将农业科技知识送到农民家门口。从村民渴望的眼神中，可以感受到他们对新时代党的惠农政策的关注，对新时代绿色发展的向往。

青春是用来奋斗的。不只是知识的搬运工，还是农业的建设者、参与者。除了培训外，学生们还精心设计了调查问卷，搜集农民期盼解决的问题、建立农户档案。

"别小看这些村容村貌村情的调查，它正酝酿着继黄淮海地区解决盐碱地后，实现由弱变强的第二次战役——为曲周打造国家绿色发展样板县提供一手资料。"中国农业大学曲周实验站站长江荣风教授说。

用脚丈量大地，用心丈量生活。懂农业、爱农村、爱农民的"三农"人不能自已。在这里，他们的世界是安静的，想法是坚定的。

"一想到自己熬夜是在解决我国的三农问题，就不困了！"赵向阳告诉自己。白天，经历；晚上，鼓劲。

"敢问路在何方？科技小院给了我们答案，路就在脚下，路就在农村，我们要走好自己的发展之路，更要走好服务三农之路。"理想，在话语中流露。

新农人日志

天天按时发送日志是全国127个科技小院、419名研究生每天最后的一项工作。

从最初的被动到主动，锻炼的不仅是写作能力，更是自我控制能力，思考自身存在的意义。每一天，创造生活，回归生产劳动，回归理想。

曾经的每一天鲜活起来。

"传说中最累的小麦收获期到了。经过昨天充分的准备，北油村和范李庄分头行动，同时开工，陈广峰师兄也来帮我们一起收获，并为我们作指导。早晨六点多，没来得及吃早饭就下地了。"

——康佳

"我和师兄钻进猪笼边上不到40厘米的过道里收粪，转身都有点困难，还要弯腰把猪笼下边的粪刮出来，师姐则站在猪笼里帮忙。随着粪越来越多，袋子也即将装满，再加上空间的限制，我一个人几乎难以移动这一袋猪粪。两小时过去了，我们终于将低氮处理的猪粪收完。我很庆幸由于感冒导致的鼻子不畅通，让我免受猪粪的侵袭。"

——郭校伟

"扬花期到了，'1351'的跟踪也要接着进行。这次我们加入了植被指数、叶面积指数等指标，对我们的要求更加严格了。今天阴天，还下了小雨，我们四个全员出动到地里取样，测定都要受到影响。先是去地里取小麦样，每个跟踪地块取回15株以上的小麦，后期我们会挑出15株进行叶面积的测量来换算叶面积指数。"

——赵向阳

"今天，开始为我的试验地铺设滴灌管道。试验地共选择了2个农户，实验共分3个处理，3次重复，处理分别为漫灌、滴灌、分次滴灌（分别在拔节期和扬花期完成），整个实验施肥量一定。利用今天一整天的时间，管道已铺设完大半，袁银亮农户家2.4亩地已完全铺设完，另外一户是科技农户赵亚南，由于其最近在盖房子，时间较紧，事情较多，因此没能在今天完成工作，且主管道也未能铺设。待明日在试验站汇报完后，我将尽快把所有管道的铺设以及试水工作完成，于拔节期进行第一次灌水。

由于使用的是去年的旧管道，管道很长，极其容易打结，铺设工作进行的较慢，因此我们今后在收拾管道的时候要理顺，排干空气，并以捆为单位保存好，这也是今日铺设的工作中得出的经验。"

——闫峻

"我们发现小农户分散经营是限制技术到位率的最关键的因素之一，就好比 500 亩示范方，这个示范方的耕地面积共有 469 亩，但是有 92 块地，是典型的小农户分散经营模式，那怎么让这些分散经营的小农户运用我们的技术就成为了我们的工作重点。我们通过鼓励、扶持、协助合作社来把村民们组织起来，将这 92 块地分成了 15 个组，然后以组为单位进行统一的规模化管理，然后由规模化带动机械化。同时，也正是因为将小农户的地块集中起来了，我们的很多技术都非常容易得到统一的应用，比如深翻，这个技术在小地块里很难应用，但是在规模化操作之后，就非常容易实现了。我们还为农户统一推荐了鲁原 502 的品种，我们还测土配方，通过与公司合作，生产出了适合当地生产需求的小麦专用肥。

同时，我们还会要求我们的学员在自家地里布置简单的同田对比试验，让大家不仅通过耳朵听到我们的农民培训、科技广播，同时在地里能够看到实实在在的试验效果，这样大家看到真真切切的效果之后，就会主动加入进来照着我们的方式进行管理，通过这种方式让越来越多的人运用我们的技术进而提高技术到位率。"

——张书华

或短或长的文字不经意地记录下每一天，见证着他们的成长。日子累积记录着曲周变化：2009年到2015年的7年间，曲周小麦、玉米产量分别提高了28.2%和41.5%，而化肥用量增长很少，实现了区域绿色增产增效的目标，农民增收2亿元以上。

改变让人欣喜。罕见的大风来袭，大面积玉米倒伏，农民不再是按照以往的经验去扶正；收割棒子，不再凭感觉，要观察乳线；告别"小楼"施肥，引入小型追肥机，采用测土配方施肥、深翻整地……他们知道了小麦水氮后移、西瓜嫁接、苹果壁蜂授粉、反光膜增色、良种推荐、测土配方、宽幅播种、精量播种、春草秋治等多项技术，逐渐改变延续多年的经验，有了属于自己时代特征的种田方式，惊叹于不曾想象的收获。

专业所学，使命所在

李宝深常记起李晓林老师对他们成长过程的描述。手是用来干什么的？开始是用来挠头的，后来就开始翻书，最后就放下来指点江山了。可不是，苦尽甘来的幸福让学生们终于笑了，在"发现问题—分析问题—解决问题—扩散推广"中领悟了"被需要真是一种幸福"。小院，正是他们自由挥洒的乐土。

烦杂，无奈，崇高，喜悦，面对生活的真实、复杂，他们更知晓自己要学会什么，课堂可以学习，但更多的学习在天地间，需要自己找寻。

拜农民为师。最早的种植技术是从农民那里学到的，知道了农民习惯的越冬水、拔节水、扬花水、春一水、春二水、间苗；知道小麦要施多少次肥；知道小麦的病虫害怎么防治；知道中国农民的人均土地产出的粮食顶多值2000块钱；知道农民为了浇水要排上很长的队；知道很多技术在田间地头不能应用。

以农村为家。习惯了逛庙会，串亲戚；习惯了用粉条、海带、肉、木耳等材料做成的熬菜；习惯了到地里转转，了解麦情，熟悉地块，走累了坐在地上接接地气，或者蹦跶蹦跶；习惯了炎炎烈日下劳作，看农民满足、朴实的身影，同时又被感染。

感受人间的真情。感动于家人来到小院，喇叭里传来：大家赶紧吃完饭来小院集合，敲鼓也过来，今晚扭秧歌。感动于大婶培训时的专注，培训过后还要加上"要不明天你去我家地里看看"。感动于母亲节晚会，那个让你感觉不到她的存在的小女孩，会突然给你一个吻。

了解农民的疾苦。不忍看着农户拿着被褥和手电筒到地里排"夜号"等待灌溉；不忍看着农民辨别肥料时的无奈；不忍看着农民依然用着原始的工具吃力劳作；不忍看着农户家里只留下妇女、老人、儿童，辛勤操劳；不忍看着雨后的泥巴和无意间捉到的知了可能就是孩子们的玩具。

时代、大学、教育、育人、产业发展、乡村振兴，使命所在，专业所学、人才所立成为社会发展的聚合器。

曲周县委书记李凡道出心声：农大人，系"三农"。正是缘于这种传承，才使得如今的曲周加速了农业现代化，为曲周一产提升、二产腾飞、三产繁荣奠定了坚实基础。

最好的时代，最美的年华。"产业兴旺、生态宜居、乡风文明、治理有效、生活富裕"勾勒出乡村振兴战略的美好画卷。"再打一场解决国家绿色可持续发展问题的'黄淮海'新战

役！"2018年，中国农业大学农业绿色发展示范区在曲周建立，一个服务美丽中国建设，依托曲周实验站打造面向未来的绿色农业研究示范基地，把曲周建成国家绿色农业样板、把华北平原建成国际绿色农业榜样的设想日益清晰。

每一天都是新的邀约

赵向阳习惯了站在田地深呼吸，闻到庄稼地独有的芬芳；姬廷廷在炎热之下，来一根小布丁犒劳自己；王晓奕等着孩子们下课后欢快地跑进小院学英语，学舞蹈，一起唱歌……青春、孩子、歌声、舞蹈、英语，让沉默的村庄欢腾。

这，都将会成为回忆。如此可爱的青春，壮美的青春，应该写在烫金书页上的青春，他们曾骄傲地拥有。

庄稼地，浸透着农人们的付出与努力，静谧之下涌动的是人类与大自然曾经的磨合、纠结、理解。回归天地，回归生产，回归初心，回归理想，一如此刻般自然、平和、沉醉。

仍然激情澎湃，仍然热泪盈眶

文：王晓奕

　　7月，盛夏。一封邮件将42人齐聚一堂，我们带着困惑，带着城市独生子女固有的娇惯，带着对想象中现代科技农村的期待，我们在欢声笑语中认识了彼此，在热情洋溢中相伴至今。短短的一个月，对我们来说是刻苦铭心的记忆，是一段难忘的成长。

　　石阿姨是骑电动三轮来接的我们。一路上，我和芝芝想在车上拍照，无奈路途过于颠簸，一张照片也没有照成，反而胃都要颠出来了。听石阿姨说从村里到镇上的路前几年修了，可是这几年就成了这样，可见其中做工的不精细。到家后，看到厨房的我目瞪口呆！我家对吃的东西十分讲究，厨房从来都是干净如新，而这里的厨房布满油污，并且抽油烟机也只是一个简单的排风扇，每每做饭都要热得满头大汗。再去卫生间，开放式的卫生间让我觉得很不安全，一不小心看了进去，满满的蛆虫在蠕动，反胃了很多天都不敢上厕所，后来想了想大家都能吃这份苦，我一定也可以！好在家里有WiFi有空调，令我和芝芝欣慰很多。

在这个家庭里，只有阿姨和叔叔两个人常住，孩子们上学的上学，上班的上班，家里没有老人，没有小孩，清净得很，可阿姨和叔叔却是一对时尚的夫妻，由于叔叔做的是销售工作，走南闯北，眼界开阔，也经常带阿姨各处旅行。阿姨待我和芝芝就如母亲一样，每天照顾我们的三餐起居，为我们收拾东西，热了就给我们开空调，饿了无论什么时候都会去做好吃的，学习工作累了，还提出一定要带我们回趟娘家，去镇上转转，去四疃村赶赶庙会。阿姨生日的时候，她的大女儿、女婿专程回来，还有我和芝芝一起为阿姨过了一个快乐的生日。阿姨说虽然她的儿子和小女儿没有回来，我们就是她的女儿，这个生日她过得非常幸福！

石阿姨非常喜欢跳舞，整整一个月，我和芝芝只要是没事就会教阿姨跳爵士，本来想着最后一天的晚会一起跳爵士舞，无奈我们两个太忙了，阿姨爵士舞练习得非常生疏，于是最后还是一起跳了阿姨熟悉的恰恰广场舞，效果还是棒棒哒！

中国正处在城市化进程的发展快速期，城乡一体化的步伐不断加快，农村发展需要紧跟脚步。随着壮年劳动力的流失，农村地区人口现状呈女性化、老龄化发展，因而丰富他们的娱乐生活，改善其心态，健康其体魄就变得尤为重要。随着经济的不断前行，促进农村文化发展也势在必行，而广场舞正是促成两全其美的有效方式。我们在驻扎王庄进行培训工作的同时，对王庄组织开展广场舞教学活动，而可惜的是民众积极性却不高。

通过对数据进行分析，发现妇女对广场舞的兴趣度还是比较高的，可达42%，而兴趣是一切行动的动力来源，舞蹈本身即属于一种爱好性质的娱乐活动，只要有兴趣的存在，其他的客观条件都可以进行一定程度的克服。社会在不断发展，思想枷锁会随先进思想的不断流入和冲击而逐渐得以开放；待舞蹈团体真正发展起来，每天都会在小广场进行活动，妇女有时间有意向即可随意加入时，便不再困惑于太忙亦或害羞而止步不前的情况，也不会出现宣传不到位的问题。种种分析后，我认为广场舞的发展在王庄为例的村庄中是十分可行的。

我和小院的其他41名学生一起，为了自己的成长而奋斗，为了自己的收获而努力。清晨五点起来取土做实验、找垃圾点，炎热的酷暑出门发掘"三农"问题，深夜奋笔疾书，和农户深究彻谈，甚至下雨天依旧排练舞蹈……每一步的艰辛与汗水，都是老师们及师兄师姐们煞费苦心为挖掘我们的无限潜力的见证，是我们应该不管不顾，埋头走好每一步路的经验积累。真的，这一个月以来，每天都感觉有做不完的事情，就如同考研的时候一样，每天都觉得自己还差的好远，可是最后走来，才逐渐发现自己原来已经做了那么多事情，才发现自己已经变得如此强大！在这一过程中，我们必须适应各种不适应，成熟各种不成熟，完成各种自己曾经认为不能够完成的……每天工作到夜里一两点，白天七点起来完成集中培训，从之前的抱怨与不满，到后来的理解与习惯，到最后的最后，当阿姨满目泪光拉着我的手，当同甘共苦的好朋友们相互挥别，当我现在坐在回家的火车上，仍然激情澎湃，仍然热泪盈眶。我不是一个矫情的人，但是这一个月的收获将是我最难忘的回忆，最好条件下认识的朋友不一定是朋友，同吃苦互帮助才是真性情！

希望我能永远记住，农民们的那一份认真，那一份朴实，那一份渴望。希望能永远记住的，是"三农"情怀。

The Characters of Youth

第 3 章

归去来兮

——追梦筑梦的古丽加汗

青春关键词：

「拥抱理想」

从上学第一天开始，古丽加汗·艾买提就特别热爱那方讲台。在北京求学的六年，古丽加汗·艾买提付出了超乎常人的勤奋和努力，为的就是「离自己」梦想中的那方安身立命的三尺讲台再近一点」归去来兮，从乌鲁木齐到叶城、离城市越来越远，爱家乡、奉献教育的梦想却越来越近。

归程 4000 公里

"我的大学没有太多的华丽篇章，但充实而有意义；我的青春没有太多的豪言壮语，但踏实而有价值。"

——古丽加汗

2019年6月，跨越4000多公里，古丽加汗·艾买提从喀什叶城来到北京，参加北京师范大学2019届本科生毕业典礼暨学位授予仪式。

10年前，作为高考大军的一员，她迈出了实现梦想的第一步；两年前，作为高三年级老师，送走了第一批追梦少年。变化的是岁月，不变的是初心。毕业，从北京到乌鲁木齐到叶城，越走越远。

归程，寻找初心之行。

掌心似乎还留有余温，激情似乎还在胸中涌动。

花帽献给习近平总书记

2014年9月9日，是北师大人值得回味的日子——从主楼四季厅、后主楼15层心理学院、教九楼103教室到英东学术会堂，习近平总书记在每一处的停留、问答，都值得回味、思量。

在师生座谈会上，古丽加汗·艾买提作为唯一的学生代表发言，并得到了习近平总书记的肯定与鼓励。更让她兴奋的是，习近平总书记高兴地接受了她带来的新疆小花帽。

握手的刹那，好温暖。"就像见到自己的爷爷一样。"古丽加汗·艾买提说。

正是在那次座谈会上，她说出了自己多年的心愿，做出了庄严的承诺："秉承'学为人师，行为世范'的校训精神，立志扎根边疆，奉献教育事业，把自己的青春写在美丽的新疆大地上。"

花帽，是维吾尔族人馈赠亲朋好友、贵客佳宾的珍贵礼物。那顶蓝色花帽是古丽加汗最珍贵的，也是舅舅送给她的礼物。之前，这顶小花帽一直挂在古丽加汗的宿舍——它是思乡的良药，更是鼓励她勇敢追梦的指引。

　　远在叶城的宿舍里常年放着那次座谈会的照片，这是她每天动力满满的秘密。每当想起这一幕，她都会想到自己的心愿：回到家乡，做一名普通的教师。

我要去北京

座谈会之后不久，她开始了在乌鲁木齐68中的实习。5年的时间，从乌鲁木齐市二十三中辗转到喀什地区叶城县第三中学，她已经从一个"小菜鸟"成长为可以讲经验、讲方法、讲技巧的骨干教师。

2019年7月，古丽加汗·艾买提带领喀什的孩子们来北京参加夏令营活动。孩子们第一次到北京，充满了好奇，如同她第一次来到北京。

2009年，她以新疆维吾尔自治区高考文科状元的身份，被北京邮电大学民族教育学院预科班录取。第一次出远门乘火车到北京，蜷缩40多个小时，直坐得浑身僵硬。

"北京欢迎你，像音乐感动你，让我们都加油去超越自己……"

出站那一刻，耳边传来"北京欢迎你"的歌声，她禁不住留下了眼泪。"那就是放给自己听的。"梦想离自己又近了一步。

当老师是古丽加汗·艾买提儿时的梦想。小时候玩游戏，她就喜欢扮演小老师，给小伙伴们讲课、设计问题、布置作业。上学后，她更爱注视那方讲台、那块黑板、那些粉笔。那里，有一种无法言说的魔力吸引着她。

"我觉得这个位置将来就应该属于我。"要当老师，就应该去中国最好的师范院校，最好的师范院校在北京。

"我要去北京。"倔强的她告诉妈妈。

如今，儿时的梦想成真。孩子们的北京之旅同样终身难忘。他们会记得，古丽加汗老师和他们一起，在长城上唱起"无论我走到哪里，都流出一首赞歌……" 他们会记得，古丽加汗老师告诉他们："有了目标，有了梦想，就有了动力，就会慢慢成为你想成为的样子。"

　　"我最有意义的选择，就是成为北师大公费师范生。"爱笑，是古丽加汗·艾买提的标签。当她出现在 2019 届本科生毕业典礼暨学位授予仪式上时，校友们早已识得这位北京师范大学"十佳大学生""中国大学生年度人物""全国励志成长成才优秀学生"等多项荣誉称号在身的师姐。

　　在四年前的新生开学典礼上，这些新生就从董奇校长的讲话中听到古丽加汗的名字："为了克服作为少数民族学生的语言困难，她每天坚持读古文、练习普通话，对着镜子模拟讲课。为了学习更多的知识，得到更多的锻炼，她自学了手语和盲文课程，课余时间泡在图书馆读书，寒假也留在学校学习、参加课外实践。就是凭着这样不懈的努力，她不仅圆了自己的教师梦，还被评为'第十届大学生年度人物'，成为当代大学生的青春榜样……"

　　热爱、使命、责任与担当，带着她走到更需要她的地方。何谓风华？何谓志向？从北京到新疆，从乌鲁木齐到叶城，古丽加汗给出了答案。

在校长讲述古丽加汗青春故事的那一刻，或许又有无数个青春梦想正在被点燃。

2011年，古丽加汗成为北京师范大学历史学院的免费师范生。预科2年、大学4年，在北京求学的日子里，古丽加汗超乎寻常的付出，就是为了"离自己梦想中那方安身立命的三尺讲台再近一点。"

拖着行李箱走进了梦寐以求的师大校园，激动、兴奋还没有持续多长时间，随之而来的是种种压力。

大段大段看不懂的古文，苦想半天也憋不出一段文字的论文，天书一般的英语课，惨不忍睹的第一次教学实践……她怀疑起自己："古丽加汗，你真的可以吗？"

"古丽加汗，你一定可以！"班主任陈涛老师简简单单的一句话，传递出一种信任。

她坚信，自己不会被打败。尽管她不是那个最聪明的人，但说到刻苦和坚持，她不会输给任何人。

心中的教师梦在升腾。不在乎，假期有没有回到家乡；不在乎，团聚的时刻有没有吃过妈妈做的年夜饭，她要做的是全力以赴追赶——晨读，从古文最基本的文字音韵学起，周末就去国家

图书馆借阅书籍；每周找老师试讲、点评，甚至在公共水房的镜子前练习讲课，关注表情、手势；自学盲文、手语、心理学，到特殊儿童教育课堂"蹭课"。这些努力都是希望能够丰富自己的教学技能，为成为一名优秀的教师打好基础。

在师大，她遇到不少追梦路上的引路人：鼓励她追求梦想永不言弃的杨共乐老师、耐心辅导她撰写毕业论文的王东平老师、指导她举办大学生特色党建活动的胡小溪老师、让她通过学习手语和盲文进一步了解特殊教育的钱志亮老师……

同学们同样带给古丽加汗家一般的温暖。大学宿舍就是记忆中最温暖的地方。无论是喜悦还是悲伤，她喜欢跟舍友们分享，一起完成小组作业，一起讨论活动内容，一起解决生活难题……只要听到104寝室的姑娘们说一句："大姐，有我们在。"古丽加汗的心里就会暖暖的，瞬间拥有了面对一切的勇气。

有爱的支部书记

　　古丽加汗一直是学生干部，从预科时的班长、学生会主席到本科时的党支部书记。

　　"大姐姐""古丽大姐"，同学们总喜欢这样亲切地称呼古丽加汗·艾买提。微信对话，最后一句话总是"大姐姐""爱你哒"。没错，她一直用"爱"坚强奔跑在青春的道路上，让周围洋溢着幸福。

　　她热爱生活，和许多新疆女孩一样，化妆、扎辫，样样在行，新疆舞跳得自信迷人，生活得精致有味。

　　古丽加汗带领支部开展形式丰富的活动，学习党的先进理论和方法，组织集体座谈会、小组讨论会、撰写文章等活动。除了对积极分子、预备党员和党员的帮助，她还鼓励班上优秀的同学积极加入共产党。她所在的党支部先后获得"先进党支部""京师先锋号党支部"等称号，她自己也先后获得"优秀共产党员""京师先锋党员"荣誉称号。

她热爱工作，作为党支部书记，有责任、有担当，带领支部获得了一个又一个的荣誉，令同学们心服口服。一项项荣誉称号不仅是对古丽加汗的肯定，光环背后，我们看到的更是一位满怀教育理想，不断前行的追梦女孩。

从北京到乌鲁木齐到叶城

"很多人都劝我去大城市生活，他们不知道我心里追求的是什么，他们无法理解我心中真正的快乐来自于有价值的生活、有意义的工作，在奉献自己青春正能量的过程中，我得到了我想要的一切，得到了前所未有的满足感。趁年轻，还有机会选择，要让自己活得有价值、有意义。"

——古丽加汗

古丽加汗终于成为一名实习老师。在乌鲁木齐68中实习的日子里，古丽加汗主动承担了从初一到高二的部分历史教学任务。

古丽加汗知道，如果自己讲得不好或者不到位，主讲老师又要重讲，影响教学进度。指导老师将五个年级、不同层次的教学内容安排给她，古丽加汗可以胜任吗？

"多好的机会呀，这可是盼都盼不来的啊！"每周20多节课的高强度历练，让古丽加汗这个教学新手迅速进入状态。她白天向其他老师请教教学问题，晚上回宿舍继续制作教案。

"初中的课程要多点趣味性，多讲故事；高中的课要注重知识逻辑和思维训练。"实习结束后，古丽加汗也顺利上路，站在讲台上的古丽加汗，早已不似当初的不知所措，如今的她，显得轻松自如。

"在最需要我的舞台上发挥最大的价值。"2009级师兄朱启平的这句话深深印在了古丽加汗心里，毕业之际，她做出了同样的选择。

2015年7月，古丽加汗从北京师范大学历史学院毕业，进入乌鲁木齐市第二十三中学工作，任历史课教师和副班主任。面对全新的生活，她参与各类比赛、课题、公开课活动。一切，都是全新的挑战。

备课、批改作业、写教学反思、与学生谈话、与同事切磋、向前辈请教，这些都是古丽加汗每日的必修课。一年下来，教案大赛、课件大赛、论文大赛、微课大赛、双语教学大赛……古丽加汗获得大大小小近十个奖项，特别是获得全市中学历史教师教学技能大赛一等奖，更让她树立起职业自信。

"要么不做，要么就做到最好。"入职一年后，她被选派到喀什地区叶城县支教。

一年支教期满，她反而舍不得离开叶城——这个以前她从未听说过的边陲小城。

古丽加汗站在了人生的又一个转折点，一边是省会城市示范高中，一边是国家级贫困县的新建学校，古丽加汗重新审视自我、规划自己的未来。

"留下来，这里更需要我。看到孩子们充满渴望的眼神，刹那间的感动让我产生了一种'被需要'的感觉，我也因此决定扎根这里，陪孩子们一同成长。"

会不会是感情用事？叶城的老师们考验了她很长一段时间，最终被古丽加汗的执着打动，在人事变动的申请表格上签了字。一年半的努力，她硬是将自己的工作从乌鲁木齐调到了叶城县。

"只见过千方百计想从小县城往大城市调动的，还从没见过有人想从乌鲁木齐往我们这种偏远县城调的。"叶城老师说。

有人不解。"从大城市调到一个小县城，她为什么这么高兴，这么期待，甚至这么迫不及待？"

面对质疑，古丽加汗明白，"他们不知道我心里追求的是什么，他们无法理解我心中真正的快乐来自于有价值的生活、有意义的工作；在奉献自己青春正能量的过程中，我得到了我想要的一切，得到了前所未有的满足感。"

不用怀疑，古丽加汗坚定地说："趁年轻，还有机会选择，要让自己活得有价值、有意义。路，既然是自己的选择，就要坚持走下去。"她喜欢分享孩子们的快乐，减轻他们的压力，倾听他们的心事。至于生活条件，她从来没有想太多。

"我想要的是一种简单的、安心的幸福吧。是能在养活自己和家人的基础上，更多地追求自己的梦想，实现自己的价值。"古丽加汗说。

逐梦者，追梦人

　　自幼与母亲相依为命的古丽加汗，从小养成了坚韧、独立的个性。关键时刻，妈妈鼓励她："人生不要有遗憾，自己选择的生活就不要后悔。"

　　"每次远程交流，我都能感受到大姐对学生的关爱和不舍，对落后地区的关心和牵挂，这是她选择的倔强，也是她无法割舍的爱。"2011级同学郭程秀回忆，"我记得很清楚，一回到寝室，她就按捺不住激动地对我们说，'总书记和我握手了，他比我想象中的还和蔼可亲，我一定不辱使命，用所学支持教育事业，做师范生的榜样。'"

　　办好每一所学校，教好每一个孩子。西部贫困地区需要古丽加汗这样有着教育情怀的"四有"好老师去开辟一番天地，展现时代青年的担当，担负青年教师的使命。

　　古丽加汗说："'中西部强，则中国强。'只有中西部的青少年强，中西部才能强，中国才能强，不让任何一个孩子掉队，静下心来教书，潜下心来育人，把中西部的孩子们培养出来。作为祖国中西部的青年教师责无旁贷。"

"做好老师，要有理想信念。做好老师，要有道德情操。做好老师，要有扎实学识。做好老师，要有仁爱之心。"

"爱是教育的灵魂，没有爱就没有教育。好老师要用爱培育爱、激发爱、传播爱，通过真情、真心、真诚拉近同学生的距离，滋润学生的心田。"

生逢其时，重任在肩。从教时间延长，她对教育、教师的理解更加深刻。青年是实现中华民族伟大复兴中国梦的主力军，教师是打造这支"梦之队"的筑梦人。青年教师，既是逐梦者，也是筑梦人。古丽加汗信心百倍。

"被需要"

"勇于追梦的青春最幸福、最充实，甘于奉献的青春最美好、最难忘，'被需要'的感觉最美好。我们的青春故事，就应该写在祖国最需要的地方，我的青春故事就应该写在叶城。"

——古丽加汗

在担当中历练，在尽责中成长，青春在广阔天地中绽放。

做梦也没有想过会来到叶城的古丽加汗·艾买提留下了，成为叶城县第三中学的一名教师。

"2018 年，我从乌鲁木齐来到叶城，开始了职业生涯的新篇章。2018 年，我完成一次次的自我突破，实现了自我成长，找到了充满自信的自己。"她在朋友圈中写道，有领导们无微不至的照顾，有同事们无比真诚的陪伴，有孩子们充满渴望的眼神，从最初的不适应到下定决心留在这里，对她来说，就是一个不断学习、不断成长的过程。

"'被需要'的感觉最美好，我们的青春故事，就应该写在祖国最需要的地方，我的青春故事就应该写在叶城。"

这里的老师需要她。

支教期间，她尽自己所能为当地的老师们带去不一样的教学理念和教学方法，帮助他们提高业务水平，老师们真诚地送给她掌声。

"我们就需要像你这样的年轻老师。"当地老师称赞她。她知道叶城的教育需要自己、叶城的老师需要自己，自己更要为叶城教育做点什么。

这里的孩子需要她。

"老师您一定要保重身体！如果你因为生病回了乌市，我们可怎么办呀？"古丽加汗身体不适，孩子们端着饭盒小心翼翼地敲开她的房门。

"你的学生满校园找你，办公室找不到，去宿舍找，去教务处找，见不到你就一直哭，以为你不回来了。"一次，古丽加汗出去办事，没来得及告诉学生，导致学生们误解她要走了。

看到回来的古丽加汗，学生们在班里自发为她组织了一次25岁生日会。那一刻，古丽加汗的心被融化了，所有的不适烟消云散。

"南疆偏远，但有温度，很吸引人。"古丽加汗谈起自己的学生，眼中充满爱意，"和大城市孩子身上那种天然的优越感相比，我更喜欢这边学生的单纯和朴实，待人真诚、容易亲近，一眼能看到心底。他们大多来自周边的乡镇，很珍惜上学的机会，学习愿望特别强烈，努力想改变自己，想多学一点，学好一点。"

送走高三毕业班，高一年级的学生来找古丽加汗。学生追着她问："老师，你还能不能继续给我们上课呢？"当听到学校安排古丽加汗教授他们汉语课，孩子们使劲地鼓掌欢呼。

她是孩子们的班主任，也是孩子们的汉语老师、历史老师，也是他们的"知心姐姐"，有时还是他们的"心理咨询师"。丰富的教育、辅导、引导，让古丽成为了孩子心中最可靠的老师。孩子们信任她，会分享他们的小秘密。

"我很享受跟孩子们相处的过程。只要走进他们的内心，倾听他们，了解他们，关心他们，一点都不难。"

他们的问题只要到古丽老师面前就会神奇地"消失"，所有的麻烦在她这里迎刃而解，取而代之的是积极的心理、努力争取的态度。"如果没有之前的积累，我想我做这些工作肯定相当费力。"

她喜欢跟孩子们在一起，喜欢他们和自己说心事的模样，喜欢他们收获一些成绩时表现出来的自信。当然，她最喜欢的还是用自己的成长经历鼓励孩子们拥有梦想、追求梦想、实现梦想。

"老师，你知道吗？我每天都会想起你，几乎每节课都想起你。不想学习的时候，我都会想起你对我们说的那些话，便觉得自己很有动力。你是我最佩服的、我最尊重的老师。在高中，如果没有你，我可能看不到大学的门，可能连乌鲁木齐都看不到。真希望你能幸福。"听到学生的这番话，那一刻，她成为了最幸福的自己。"我希望我的学生能够飞得越来越高，我愿意变成他们追梦的动力。"

看着古丽从一个略显稚嫩的大学毕业生变成了遥远边疆学生们最喜爱的老师，北京师范大学历史学院团委书记胡小溪是欣喜的。"不变的，仍然是强烈的社会责任感、满满的正能量和对教师行业无尽的热爱。从乌鲁木齐到叶城，古丽的仁爱之心和扎实学识播下了一颗颗种子，在边疆的土地发芽生长。"

因为被需要，找到了梦想真正的含义，就是将"小我"融入"大我"；因为被需要，领悟了教育的真谛，就是用爱培育爱、激发爱、传播爱。这样的青春昂扬，这样的青春无悔。

活成自己想要的样子

　　从小在乌鲁木齐长大的姑娘古丽加汗已经把叶城当作了自己的"故乡"。一开口，提起的便是"我们叶城……"

　　古丽加汗的朋友圈里，发布的文字是："我们新疆好地方，我们叶城好地方，欢迎大家来叶城。"

　　在她眼中，新疆是一片属于青春力量的土地。"新疆能提供给每一个人锻炼的机会和舞台！这片土地未来可期！"

　　从最初的孤独到融入后的充实，从不适应、甚至挫败感中走出的古丽加汗，在孩子的依恋和成长中感受着幸福。"听一听你内心里面最真实的声音，有时候也要静下心来，好好地想一想自己想要的是什么！趁着还年轻，应该多去经历一些挫折，多去经历一些事情，你未来的成功才会有更坚实的基础。"

　　古丽加汗的故事在学子中传诵。

　　"何以为师？"学妹张慧同样一次次地问自己，一次次地寻找答案。从师长们的身上，她看到了为师的支撑：以学识，以仁爱，以信念，以情操。"古丽加汗·艾买提师姐愿意从乌鲁木齐调往叶城，不计得失。他们是和我们同饮一瓢水，共沐一份春光的北师大人。"

"年轻人，就应该去奋斗，没有什么克服不了的困难。"古丽加汗常常会记得那一天，也在不停激励自己：现在，青春是用来奋斗的；将来，青春是用来回忆的。

古丽加汗很喜欢现在状态，现在的自己。有时画个淡妆，有时穿上自己喜欢的衣裳，有时骑上电动车兜兜风。

她喜欢那种上班下班，有距离的感觉。于是，在微信上发租房信息，寻求电热水器师傅的帮助，这些生活的小插曲也让她感觉生活的可爱。尽管不完美，但却是真实的存在，不羡慕谁，不依赖谁，悄悄努力，悄悄变强大，活成自己想要的样子。

"一路走来，我越来越深刻地体会到母校给予我们最好的礼物就是师大精神，那是一种朴素的奉献精神，是一种不张扬的教育精神，是一种脚踏实地的拼搏精神。就因为这个宝贵的礼物，我一直坚定不移地走在追梦的路上，也从来没有怀疑过自己的梦想。我最大的愿望就是能够在孩子们的心里种下梦想的种子，看着它们发芽、生长、开花、结果。我也希望能有更多的优秀学子投身于教育事业，到祖国最需要的地方，跟我一起写下最无悔的青春故事。"古丽加汗说。

成为"被需要"的人

文：古丽加汗·艾买提

我的大学没有太多的华丽篇章，但充实而有意义；我的青春没有太多的豪言壮语，但踏实而有价值。今天，我想借此机会跟大家分享一下我工作四年以来的一点感悟，那就是让自己成为一个"被需要"的人。因为被需要，我找到了梦想真正的含义，就是将"小我"融入"大我"；因为被需要，我领悟了教育的真谛，就是用爱培育爱、激发爱、传播爱。

在祖国最需要的地方书写青春故事，绽放青春光彩。

2014年9月9日，我向习近平总书记说出了庄严的承诺："奉献家乡教育事业。"而总书记对我的肯定成为了我追梦路上最大的动力。当我被乌鲁木齐市二十三中录取，顺利成为一名高中历史老师时，我知道梦想终于照进了现实，我要开始践行我的志愿，到祖国最需要的地方去书写青春。

在教育最需要的地方发挥自身优势，勇于担当重任。

入职一年后，我被派到喀什地区叶城县——一个我没怎么听说过的县城支教。支教期间，我尽自己所能为当地的老师们带去不一样的教学理念和教学方法，帮助他们提高业务水平，一次次的培训、研讨、公开课，我终于从一个"小菜鸟"成长为可以讲经验、讲方法、讲技巧的骨干教师。老师们发自内心的称赞、掌声，教研组组长阿曼姑丽老师的一句："我们就需要像你这样的年轻老师。"都让我充满成就感，我知道叶城的教育需要我、叶城的老师需要我。我要多为叶城教育做点什么，我的青春故事就应该写在叶城县。于是，在支教期满后，我主动提出调到叶城来工作，就这样，我成为了叶城县第三中学的一名教师。

　　在学生最需要的地方坚守教育初心，当好学生引路人。

　　在工作中，我充分运用在北京师范大学的所学所得，为学生排忧解难，我是他们的老师，也是他们的"知心姐姐"，有时还是他们的"心理咨询师"。我经常给孩子们讲自己的求学经历，讲到北京、讲到大学、讲到梦想，激励他们努力学习，实现自己的人生理想。到叶城的第一学年，我同时承担高一历史和高三语文的教学任务，一周三十多节课的工作量，跨年级、跨学科的教学让我感到压力很大，再加上气候不适，我重感冒一个多月都不见好转。一天早晨，班上两个女生端着饭盒小心翼翼地敲开我的房门，"老师，您一定要保重身体，如果您因为生病回了乌鲁木齐，我们可怎么办呀？"，看到热气腾腾的白粥，听到学生关切的问候，我的心被融化了，这种非你不可的"被需要"的感觉真好。

很多人都劝我去大城市生活，也有很多人质疑我的选择。面对各种非议，我并不在意，路越难走，我的决心就越强烈，信念就越坚定。习近平总书记曾说："只有奋斗的人生才称得上幸福的人生。"我相信，勇于追梦的青春最幸福、最充实，甘于奉献的青春最美好、最难忘。

我总是跟很多人说起我们的北师大，当别人夸我优秀时，我会非常自豪地说：我可是北师大毕业的呢。特别感谢母校精心培养我们，使我们成为了最优秀的自己。母校教会了我们脚踏实地奋斗，踏踏实实做人，不得不说，我最有意义的选择，就是成为北师大公费师范生。希望我们都能铭记自己的初心，传承北师大人的优良传统，书写无愧于时代的青春篇章。

（古丽加汗·艾买提在北京师范大学2010届本科生毕业典礼上的发言）

The Characters of Youth

第4章

平凡中的恪守

——朱启平与他的学生们

青春关键词：

「恪守信念」

到基层、到西部、到祖国最需要的地方去实现人生价值，这就是他的「青春梦」。他说：「如果我能够活到80岁，那么我可以在毕节潜心工作60年，我希望我生命凋零的时刻，一定是在黑板上写下最后一个粉笔字的时刻。」

讲台，最好的治愈

"有的人一生都在黑暗中追逐光明，时间久了，他自己也就变成了一盏明灯。哪怕他在努力成为明灯的过程里，只是在被人需要时亮起，哪怕没有人记得他的光芒，却也能日复一日，年复一年为更多人照亮将行走的路。"

——朱启平

遇见。

5个班200多名新生走进毕节一中历史教师朱启平的生命。

"感谢命运让我们相遇。"他喜欢记学生的名字，尝试着走进学生心里，关注他们的一举一动和喜怒哀乐。在他眼里，记录下的每一个名字绝不是一个冰冷的符号，都是一群与众不同的鲜活的生命和一个个跃动的灵魂。

6年的时间，站在讲台上的他已无当初那份稚嫩，但对讲台的敬畏，对学生的挚爱依然。

这是为师者的幸福。

初为人师，他会在睡梦中看到学生最美的样子和课堂上最好的表现，内心会有说不出的喜悦和无与伦比的幸福。每天奔波在寝室、教室、办公室之间，备课、教学和辅导学生，每天日常安排精确到分钟。尽管有点小辛苦，但每一分钟都过得幸福、充实；偶尔看看电视剧、写点小文章、爬爬山、一个人静静地散散步，感受时间流逝。

学生们欢蹦乱跳，生活得有滋有味，他无比喜悦。"因为你们的存在，我成为一个幸福的而又富有的人。如果我能够活80多岁，那么我可以在毕节一中潜心工作60年，我希望我生命凋零的时刻，一定是在黑板上写下最后一个粉笔字的时刻。"

讲台，于他，是最好的治愈。

山的那边，是海

"我们活在人世间，最为珍视的应该是什么？金钱？权力？荣誉？是的，有些东西也并不坏，但没有什么能比得上温暖的人情更为珍惜——你感受到的生活的真正美好，莫过于这一点。"

——朱启平

"在山的那边，是海！是用信念凝成的海……"

2010年暑期，当时还在北京师范大学学习的朱启平，组织了一个支教队，来到贵州省毕节市七星关区大河乡岩口村，在当地唯一的民办小学支教。

学生中也会有贫苦人家的孩子。在他们身上，朱启平看到了自己的影子——他就是这样走过来的。

大河乡一处偏僻落后的山村，那里就是朱启平的家乡。

泥草屋，煤油灯，打猪草，喂猪，做饭，借粮食，是他儿时最深的记忆。家庭拮据，大多数日子都是吃土豆，只有春节的时候才能吃上三天白米饭。

2008年，村子才通电；2010年，乡里危房改造，他家搬进了砖房；2015年，终于有一条水泥路延伸到家门口。

即使是大山，即使是贫穷，也无法阻隔他的梦想。

"我就是想读书，想到大山之外的世界看看。"一起读书的小朋友们，大多数读完小学就辍学在家，帮助父母干农活，而朱启平不甘心。

考上初中，135元的半年学费难住了他。他和父亲到山上采摘野生杨梅去赶集。春兰，5元钱一株；月亮苔，15元钱一斤；他还卖过五倍子、独脚莲、何首乌等野生药材……终于，凑齐第一个学期的学费。

依稀记得父亲对他说："你想继续念书，我们不反对，但是未来的日子只能靠你去闯，我们只能帮你到这里。"朱启平含泪从父亲手里接过那一大把用辛苦换来的皱巴巴的学费：1角、2角、5角、1元、5元，还有大大小小的硬币。

此后，他再没有从父母手里要过一分钱。

"不是父母不爱我，是他们没有能力来爱我。直到现在我都认为我的父母是最伟大的人，他们没有念过一天书，是'面朝黄土背朝天'的地地道道的农民，但是他们都没有拒绝我想要继续念书的'非分之想'。"

初中，他是成绩最差的学生。经常被老师点名回答问题，却一问三不知。开学那段时间，教室和清洁区基本上都被他"承包"了。

"别人都能够学会，我为什么不会？"

"下定决心，在老师上课之前预习一遍，凡是老师讲的内容，我课后都把它背下来。背诵记忆，是一种很不错的方法，成绩得到大幅度提升。"

朱启平住不起宿舍，他就以帮干农活、做家事的交换条件借住在远房亲戚家。第一次离开家，他不会做饭，总是把玉米饭做成"大米饭"。为了节约钱，他天天吃土豆，烧着吃、煮着吃、炝炒、油炸、压成土豆泥……各种各样的土豆吃法，基本全尝试了，以致后来的朱启平一见到土豆就反胃。

中考结束，他被毕节一中录取，成为村子里第一个考上毕节一中的孩子。1050元学费成为拦路虎，他于是转到学费较低的毕节民中就读。

学费和生活费需要自己解决。清晨，早早打扫教室和学校清洁区，每个月可以获得70元补助。他做得很认真，每次卫生检查都是满分。周末，到水果批发市场批发点水果，一天挣10多元钱。寒暑假，他在小餐馆当服务员，洗碗端盘子，一个月挣200元左右。3角的土豆丝和5角米饭就是大多数标配，只能偶尔打点肉菜。

生活很艰苦，但朱启平想要读书的心依旧。高中即将毕业，他面临一个选择：是继续考大学，还是读完高中回村当私塾老师？犹豫之时，一条新闻改变了他的人生轨迹：免费师范生政策将于2007年实施。

当老师，免学费！这无疑为很多家庭经济困难的学生提供了梦寐以求的深造机会。

没想到的是，这一考就是三年。

2007年，朱启平考取贵州大学英语系，退学；2008年，他考取黑龙江大学日语系，退学；2009年，朱启平终于以毕节市文科第一名的成绩考取北京师范大学。

阳光终于照射进来。

一切都会好吗

大学生活刚开始的日子，迷惘，不知所措。普通话不会，英语不会，朱启平害怕与别人交流，整夜整夜失眠。他是那个沉默的边缘人。

好在，爱无所不在——

不曾忘记，班主任王秀丽老师鼓励的话语："启平，在那种极端艰苦的条件下，你都能考上北师大，足以说明你的优秀。一个人物质上贫困并不可怕，可怕的是连改变贫困的想法都没有。大学四年，让我们一起成长。"在王老师的协助下，学校免费提供了棉被等日用品及临时困难补助。

不曾忘记，向历史学院唐利国老师请教，唐老师赠送他的物品。

不曾忘记，教育学部钱志亮老师在他最脆弱、最迷茫的时候，给予的指点：只要内心指向光明，世界就会变得光明。

不曾忘记，文学院孟琢老师赠送给他的五卷本《苏霍姆林斯基选集》。

　　"我们活在人世间，最为珍视的应该是什么？金钱？权力？荣誉？是的，有些东西也并不坏。但没有什么能比得上温暖的人情更为珍惜——你感受到的生活的真正美好，莫过于这一点。"

　　来自老师、学生们的温暖，化解了他内心的自卑和迷茫，让他感受到生活的美，他渴望成为一个心怀感恩、懂得回报的人。

第一次支教

贵州岩口——

那是他再熟悉不过的乡村小学的景象：校舍是三间又小又破旧的石头房；没有桌椅，就用长木板架在石头上；没有电灯，只能靠自然光，一到阴天下雨，什么都看不清。

20多天吃住在简陋的小屋，不能洗澡、还要被蚊虫肆虐叮咬，虽然条件艰苦，但每每看到孩子们哼唱着他们教的歌，看到孩子们的信赖和真诚的目光，朱启平和支教的队友们无不认为：值得！

孩子们的梦还在大山里沉睡。"我们不仅要丰满他们知识的羽翼，更要唤醒他们渴望飞翔的心。"就是在这里，朱启平深深爱上教师这个神圣的职业，还有那些可爱的孩子。"在岩口，每次去支教，孩子们总是那么兴奋；平时上课，他们会偷偷把舍不得吃的山里红、野草莓塞给我们，还问我们很多大山外面的事情。看着他们，我感到成为一名老师是多么光荣。"

为了摸清了岩口村的教育状况，朱启平带着队员挨家挨户地走访，说服了几位家长，打消了他们让孩子辍学的念头；为开阔山里娃的视野，他们多次为岩口小学自费购买或者募捐图书。在他们的影响下，更多的爱心单位加入到学校图书室的建设计划中。

大学期间的每个暑期，朱启平都会和一批批队友来到这里，把"北京师范大学暑期实践基地"扎根在这所仅有1名老师、60多个学生的乡村小学。所有的努力，都是为了让支教活动常态化，让爱心和智慧永远传递下去。

"这些同学和我一样，都是心怀梦想的人，我愿意和他们一起，奔跑在追梦的路上。"而今，一座崭新的"官代河小学"已建成，"两免一补"政策的实施让家乡的孩子们不再为上学焦虑、发愁。在毕节一中工作的他，还可以常回岩口，做大山孩子们永远的"编外队员"。

初为人师的岁月，感谢和感动永远埋藏心间。2013年，他给大河中学的同学写回信时，写道："我们无法选择出生的地域，无法选择我们的父母，无法选择我们读书的学校和老师，甚至无法选择谁做你的同桌，我们唯一可以把握和支配就是自己。努力并不一定有好的回报，但是不努力，一定不会有回报，对于同一个人来说，努力肯定比不努力强。"

也是那年，小学六年都是在官代河村岩口私塾小学就读的大河中学学生梁群，也是启平支教带的第一届学生，以542分的成绩被毕节一中录取。让人欣喜的是，在他们支教过的学生里，约有12人考上大学本科，给村里其他孩子树立了榜样。这些学生大学毕业后都回到家乡工作，不仅仅改变了自己家庭的经济状况，也为建设家乡贡献了一分力量。

在支教的过程中，他领悟到："教育，并不止步于传播知识，更在于激励、在于唤醒、在于鼓舞。让学生们意识到自己身上的巨大潜能，依靠自己的努力、拼搏、奋斗，完全有机会实现自己的梦想。"

微笑的抑郁者

"有的人教书是为了活着，而朱启平活着是为了教书。"

——北师大中文系2009级学生苏旭对朱启平的评价

如果没有和朱启平深谈，你永远不会知道，这位总是面带微笑的年轻人曾是一名抑郁症患者。

"如果你自己就是一个微笑的抑郁者，希望你能明白，你是可以悲伤的，但隐藏和逃避自己的情绪并不能解决问题。如果可以的话，要勇敢地寻求专业的心理帮助，你会发现，就算是低落的、悲伤的、难过的你，也可以被看见、被尊重、被关照。"

他清楚。"抑郁症的感觉就是，整个世界加了个灰色滤镜，人和事都看起来特别无聊，没有特别开心的事情，也没有开心的回忆。可能有，但我也记不得了，反倒是不好的回忆一大堆。"

"我现在状态很好，康复得比想象中好。从那种非人的岁月中走出来，能够活到今天实属不易。记得当时医生叮嘱：三年之内，任何意外都可能随时发生。学校和医院都建议我休学在家，但是我成功战胜了抑郁症，大学顺利毕业，我依然生活得很好，而且比以前更好。"

为什么会患上抑郁症？

"一个人患抑郁症的原因很多，社会压力太大、感到不公平、没有安全感、失恋、无聊，或者是大脑的化学反应突然出了问题。但是，我想从根本上讲，抑郁症是一个人对这个世界的认知出了偏差——他看不到生命的可能性，并因此丧失了行动力。"

"抑郁症基本依靠药物治疗和自救，要慢慢熬过来。建构积极心理认知，多运动、多微笑是重要的预防手段。"

你可以毫无顾忌地和启平交谈，就像是在咨询一名心理医生。

2009年，对于朱启平来说是很特别的一年。从山村到大都市，来自灵魂深处的自卑感以及所谓自尊，让他身心疲惫。"那种深不见底绝望，那种痛苦只有经历了的人才会感受到，内心彻底崩溃。"

咨询后，他得知自己患上重度抑郁症，而且是高中时候患上，只是在大学集中爆发。之后，确诊为重度抑郁症中双相情感障碍，需要花费20万治疗，而且需要长期住院治疗。

那是光明的季节，也是黑暗的季节；那是希望的春天，也是失望的冬天。绝望中，甚至想到以一种极端方式离开这个世界。

在最无助的时候，班主任王秀丽在大雪天里，放下自己未满周岁孩子去医院为他开药；武晓阳老师多次在医院陪伴他到深夜，和同学们轮流守候。

在医院里，他写下数万字日记，用文字记录自己过往的成长经历，"解剖"自己，用心思考死亡、苦难、幸福以及生命的终极价值，寻找生命新支点。

他知道无论发生什么事情，一定会毫不犹豫地选择活着。

走在自我治愈的道路上，他已习惯和自己的情绪打交道。他小心翼翼地呵护着自己的情绪，调节着自己的心情，学会和抑郁的"黑狗"和谐相处，逐渐走出绝望、悲观的阴影。

绝望的石头上开出希望之花。做一个温暖的人，温暖自己，温暖家人，温暖学生，温暖这个熟悉陌生世界，而一切都会变得愈加美好。

"每个人的一生，真实而美好。你所拥有的即拥有，失去却不意味着失去，失去是另一种拥有，你要相信。你的失败与伟大，新生与寂灭，犹如花开花谢，简静自持，珍贵永远。"

读书让人的思想永远鲜活。那些语句跳出来，仿佛在与自己的内心对话，常常产生奇妙的体验，丰富一个人的精神世界。生命就是一个过程，与其在等待中让生命枯萎，不如在行动中让它完美绽放。

　　写日记，写读书笔记，朱启平通过这种方式，将自己的里里外外清洗一番。

早安，世界 /

"无论再苦再难，只要你不放弃自己，生活就不会放弃你。只要你不言败，就总有赢回来的可能。"

——朱启平

"我支教时候我能够全身心忘我投入，感到前所未有的快乐。我的生命与更多的人联系起来，而且也能够慢慢认识自己，善待别人，善待自己。"

"早安，世界！"黎明，他站在教师公寓的阳台，眺望远方。

生活依旧继续。"一个人换上抑郁症没有什么，就像你感冒一样，只是情绪感冒，需要治疗和自我调整。乌云终将会散去，太阳依旧会升起，一切都还是那么的美好。"

此时，他更确信，他追求的优质教育一定是能够使学生形成阳光般的心态和健康人格的，是能够提高学生的自尊和自信的，能够使学生内心变得越来越充实和富有力量。

他对自己说，学生身心健康才是学习前提和基础。每一个学生都是独一无二的鲜活生命，他首先要教会学生的就是感知生命脆弱，珍爱生命，锻炼身体，学会正确认识自己，悦纳自己。

他会告诉家长，要让孩子学会接受自己的失败，也就是接受自己不完美，不必总和别人比较，而应该与过去的自己比较，避免只用分数衡量孩子。

与众不同的治愈，使他从抑郁症阴影中走出来。 每个人的一生，都会经历无数天昏地暗的时刻。但那些沧桑的经历不是要让你变得手足无措、麻木不仁，而是要时刻提醒应该怎么过好接下来的生活。

两种时光的相遇

"真的教师，愿意在平淡中获取那一刹的亮光，愿意在琐碎中捕捉那一瞬的甜蜜。"

——朱启平

宁静的假期，让启平找到那种久违的感觉，那种对学习不可遏制的渴望，让他找到心灵的安稳和灵魂的归属。

毕业时有机会留在大城市，却又选择离家乡更近的毕节教书，将支教"终身化"，成为"感动师大新闻人物"，媒体一系列报道……这些光环并没有让朱启平迷失自我，他更感到压力很大，他明白教书和支教完全不同。

2013年，朱启平来到毕节一中，迎来了他真正意义上第一批学生。

六年时间，他赢得学生的喜爱、认可和鼓励陪伴，也体验到为师者之乐。"真的教师，愿意在平淡中获取那一刹的亮光，愿意在琐碎中捕捉那一瞬的甜蜜。"第一个教师节，收到个80多张写着温馨留言小纸条，感冒药；不少同学带来八宝粥、矿泉水和各种其他食物，相当多的小伙伴特别懂事，帮他调话筒、擦黑板。

一下子，500多个孩子走进他的生命，他们点滴进步与成长都牵动着他的心，没有时间抑郁和低沉。关掉手机，忐忑不安中全力以赴，投入到工作中去。

班主任的工作是细致的。要求学生每天早上7:00开始晨读，他每天6:50就到达教室。晨读课本是他带着学生一起挑选打印装订的，涵盖高考考试说明要求默写的古诗和文言文、经典励志散、高中英语课本经典文章。每天下午6:00点至7:30，他带着大家来教室学习。辅导基础差的学生，根据每个学生学习起点，尽可能给每一位学困生提供一定的指导。晚上12:30前没有睡过觉，没有周末、也没有节假日，全部时间、激情和智慧都奉献给孩子们。

与学校工作量无关，与报酬无关。他仅仅希望可以用他最美时光去浇灌学生们最美的青春：15岁至17岁是学生生命里最美时刻，25岁至26岁是他生命里最美好的时光，缘分让两个时光在毕节一中这片美丽而神奇的土地上相遇。

什么是教育本真？教育绝不是教师的断然命令和学生的恭顺服从，教育是教师和学生参与其中的紧张和复杂的共同精神活动。教师何为？教师要有同理心，懂得学生的情感，学生内心欢乐、痛苦、委屈、困惑、彷徨和惊慌、羞愧等细腻情感，以及每种情感背后含义，理解学生、尊重学生、和学生亦师亦友，激发学生学习内驱力，营造温馨和谐平等有人情味历史课堂，让每一个学生都得到尊重，都能够在一种轻松愉悦氛围中感受历史的魅力，享受课堂。

看见学生们一小点进步，他的内心会狂喜。看见小伙伴在课堂上蹉跎岁月，消磨时光，他的内心就充满深深的不安，在第一时间内和他的科任老师与家长沟通，找到孩子们最能够接受最适合他的教育方法。

"启平哥"

孩子们会用"启平哥"来称呼他。每周,他都会给学生写书信,用周记的形式和学生们进行对话,而孩子们会把最想说的话第一时间和他分享。

"启平哥更新了我对这个世界的看法,丰富了我的人生阅历。启平哥是一个尝过人生的痛苦、无奈的人,但他没有在生活的旋涡中沉沦,而是努力坚强地去应对生活,做一支火烛,通体透亮,照亮他一届又一届的学生。"

"启平哥,谢谢您每天早上都起来带领我们晨读,谢谢您每天下午备课然后免费帮助我们补习数学,谢谢您经常在教室的窗外查看我们听课时是否认真……这些,都给了我无穷的学习动力。不只是我一个人在拼搏,还有启平哥您陪着我们。"

"启平哥在我心里面慢慢升华为一个斗士,是一个不平凡而伟大的人,虽然他的名字不被大多数人所知,他却成为我生命里最重要的人。"

"你有那种与生俱来的亲近感，更像我们的哥哥。"

"我找到了自己的人生目标。老师，您知道吗？厦门大学被誉为中国'最美的学府'，它临近海岸，有着人们对美好的一切幻想，这所大学，是我现在的目标。虽然，我清楚地知道，以我目前的成绩，要我想达到的目标太困难。但是，我永远都不会放弃，即便我追求梦想的路很远很长。我坚信，只要我脚踏实地一步一个脚印地走向那虽遥远却有朦胧光亮的远方，终有一天会达到。启平哥，你也像我这样想吗？"

"老师，你看起来真的好像学生哦！听了你的历史课，我觉得我彻底颠覆了对历史的看法，你的课也是时间过得最快最快的课！"

接受爱，同时付出爱

　　他希望构建一间润泽的教室。教学是由"学生""教师""教材""学习环境"四个要素构成的，追求的不是"发言热闹的教室"，而是"用心地相互倾听的教室"。在"润泽的教室"里，大家安心、轻松自如，构筑着一种基本的信赖关系。在这种关系中，每个人的存在也能够得到大家自觉的尊重，得到承认。"心中有爱，播种爱，成为爱与知识的使者。"这成为他工作行为指南。

　　毕节一中有不少学生来自边远农村，有很多父母外出打工，不能够陪伴在孩子身边。爱，是他们渴望的。从教的第一个中秋节，他将第一个月工资拿出一部分，买甜点、水果，和学生一起感受团聚的温情与嬉闹，这样的时刻每一年都在继续。

　　他希望小伙伴们，接受爱，同时也付出爱，这是他们心灵得以相通、生命充满活力、人生有价值的基础。用爱心和善意对待他们——父母、老师、同学、朋友、邻居，以及相逢的路人，所有生活在这个世界上所有的生命……

"能够永远让我和我的小伙伴们沟通畅通无阻的必将是我的学识和我的人格。"作为一名历史教师，他时时告诫自己：如果教学做不到深入浅出，做不到知识性与趣味性相结合，也就不可能有足够底气和自信站在讲台上，也体验不到教学和讲台给你带来那种超越物质的幸福感。

读书，改变了他的生活，创造了生命的喜悦。

"教师是一个需要沉心静气的职业，当你俯下身子静下心去阅读一页一页充满智慧的教育书籍，当你静下心去汲取学科内新的专业知识，当你静下心去反思自己的教学，用心解剖自己的时候，当你不怀任何目的陶醉在学习兴奋中，你就会拥有独特体验和意想不到的收获，同时也知道平时你失去了什么。"

他认为自己不能成为一个"以己昏昏，使人昭昭"的老师，沉下心不断读书，不断完善自我知识体系，使自己成为一个博学的人。一本书，一杯清茶沉浸其中，也远离无关紧要的不平衡、焦虑、自怜。

把每一天都当成是生命里最后一天，用心去珍惜；把每一堂课都当成是最后的一堂课，用智慧、青春和激情与他的小伙伴们一起将它完美演绎。

致我亲爱的小伙伴们

文：朱启平

亲爱的小伙伴们：

特别感谢命运让我们相遇。记得我在每个班开场白都说："因为千年修来的缘分，让我们相遇。我会珍惜我们在座的每位同学，会努力记住你们的名字，尝试着走进大家的内心世界，尝试着去了解你们成长背后的故事，分享你们成长的欢乐，分担你们人生的烦恼，我会努力记住你们最美的样子。"

我不喜欢和陌生人打交道，所以我会努力记住每位同学的名字。希望大家不要把我当成你们生命里的过客，而是你们一生最好的朋友。

我对学生的要求是：我的学生可以分数暂时低几分，但是做人一定要大气，要霸气，要对自己满怀信心，敢去拼，敢去搏。用自己智慧和汗水为自己未来开辟一片美丽的天空。

我会更加关注中考分数390分至500分这部分同学以及来自农村或者其他家庭贫困学习吃力的同学，因为他们身上，有我学生时代的影子。将来，他们当中有爱迪生、乔布斯、马云、马化腾、俞敏洪，所以我希望班上成绩优异的同学和我一道多多帮助他们。人生是一场漫长的马拉松，三年后、十年后、二十年后……谁走得好还说不准，笑到最后的微笑才是胜利的微笑。同时，这部分同学自己也要争气，要在意自己，要想想我为这个班级和这个团体能够做点什么，希望别人因为我们的存在而感到幸福。

你们是我生命中最重要的人

这周大家在课堂上表现着实让我震撼，你们都很聪明，都很优秀，比我想象中都还聪明，比我想象当中都还优秀，你们每个人身上都有着无比巨大潜能。在课堂上，小伙伴们精彩绝伦的表现，很多班级课堂上智慧与思想的交锋让我久久感动。我说过，我没有重点班、提高班和平行班概念，在我心中，你们都是我生命中的TMIP(The most important people)，都是我的特重班。每天走下讲台，我都会为能引领一群这么优秀小伙伴成长而窃喜，同时也诚惶诚恐，深感自己知识不足，所以我让书籍成为我的终身伴侣，一有空我就加倍采摘知识浆果，只有这样才有资格教像你们这样的一流的学生。我为教到你们这么优秀学生而感到骄傲自豪，我希望在历史课堂上看到你们最自信的笑容和最美的脸庞。我被你们身上的青春、朝气和生命的活力所感染，所以很多人误会我是学生。祝愿我的小伙伴们，永远保持这份对生活纯真，对学习不可遏制的渴望，真诚希望大家在一中三年健康快乐成长，先学习做一个有道德的人，再学习知识。

你们的眼睛如水一样清澈
你们的灵魂似雪一样洁白

每堂课我都会在教室来回走动，都会用心灵感知每位同学在课堂上表现。当我们的目光彼此交汇那一刹那，从你们清澈的眼睛里，我看见了你们如雪一样洁白的灵魂、看到你们对知识不可遏制的渴望，还有对我的无限喜爱、信任和鼓励。我希望每一天我的生命都有48小时，这样既可以花更多时间和你们一起度过，然后我又有充足时间来读书、写作和休息。

每天面对你们最灿烂的笑容，面对世界上开得最美的花朵，面对你们那对历史学科那颗火热的心。我就暗下决心，一定要把每一堂都准备得很充分，都要把它讲得很精彩。自从和大家相遇后，我生命的质量和生活的质量都提高了不止一个档次。

当我的情绪低落到极点时候，我整个人就会窒息，可以在床上不吃不喝躺两三天，然后再慢慢恢复过来。那时候，我很崇拜海子、梵·高和尼采：海子写下《祖国》《面朝大海春暖花开》等脍炙人口的名篇，可是这样一个诗国里的天才，一个年轻的灵魂就这么陨落了；梵·高，天才的画家，尼采，伟大的哲学家，他们都没到探寻生命终极价值的时候，生命已经枯萎了。

我以前经常看他们的东西，自从认识你们后我阅读领域发生转向，因为我发现了我生命的终极价值，不再纠结海子、梵·高和尼采，转向于马卡连柯、苏霍姆林斯基、雅斯贝尔斯、卢梭、康德、海明威，也读魏书生和李镇西的书，还有那些近现代与教育和心理学有关书籍。当然历史学类书籍我也喜欢，有很多小伙伴爱拿数学题问我，所以偶尔我也研究点数学。高中时候我是一个对数学如痴如醉的人，因为从数学中我找到了做人的自信。在毕节一中，每天我都过得很充实和幸福，晨读、给小伙伴们讲课、陪小伙伴们跑步、解答小伙伴们提出的问题、写读书笔记和教学反思，构成我一天的生活（我备课是用双休日）。

我每天都在思考一个问题，如何才能够真正做到："因为我的存在，能够为小伙伴们带来幸福和快乐；引领这么一群优秀学生的成长。"记得我在某篇教学反思中写道："我以青春和生命的名义宣誓：

1. 一定要照顾好自己身体，按时吃饭，按时休息，呵护好自己心灵，调适好自己的情绪，因为我的生命不仅属于我。

2. 无私地向我的学生贡献我全部的青春、激情和智慧，珍惜每一次和学生见面的机会。

3. 站在讲台上，力争每堂课都是我生命的一次完美的绽放，让我的学生感受到历史智慧与魅力，感受到做人的尊严，享受到学习乐趣。

4. 我要努力提高自己普通话、英语、计算机和粉笔字的水平，每一堂课都给我的学生美的享受。

5. 我要让书籍成为我生命的终身伴侣，让我的学生成为我最好的战友，成为我生命最好的陪伴与见证。

6. 我在心里告诉自己：把每一天都当成是生命里最后一天，然后用心去珍惜；把每一堂课都当成是最后的一堂课，然后用智慧、青春和激情与我的小伙伴们一起将它完美地演绎。

如果有一天，当我离开了这个世界，面对我的骨灰，我的学生会为我流下感动的热泪。

7. 我的父母、学生（一中、支教、实习）、弟弟、为你等候十年的她以及给了我第二次生命一生最爱的北师大和那里遇见每一个人以及所有的故事，还有毕节一中这片神奇的土地，总能够引起我的牵挂和惦记，心中有最美的记忆和最美的牵挂，还有一群最美小伙伴陪伴，所以我要好好活着。我要让我的生命似水一样灵动，让我的灵魂如山一样屹立。

每个名字都让我心动

我在笔记本上记下每一个日子都绝对不是一个普通的日子，因为就在这一天，有一个伟大的生命降临，所以我教历史的每一个班每一位小伙伴都能够收到我的一份最美的生日祝福。对于你们的父母而言，你们就是他们的全世界和百分之百，我要对大家负责，你们也要对自己负责。如果某个小伙伴上课听MP3、下五子棋、玩手机、对学习冷漠以及对他人漠不关心，都能够引起我的忧心。我很想知道，我的小伙伴，你到底是在一个什么样家庭成长，你的小学和初中是怎么度过的，你的生命里到底发生了什么让你难以释怀的故事，然后以真心换取真心，以心灵去感知心灵，以灵魂唤醒另一个沉睡的灵魂，以尽我最大所能带着全班同学一起呵护你，引领你，愿我的每个小伙伴都能够在毕节一中健康成长、开心学习、收获知识、收获友谊。

你们让我意识到努力方向，那是因为你们在课堂上出色的表现以及对我的爱戴和对历史学科火热的心，不断促使我去思考：在小伙伴的心目中，什么样的老师才是好老师？尽管因为年龄、兴趣爱好和对一些问题共同看法的接近，我在与小伙伴沟通方面存在优势，但是随着时间的流逝，能够永远让我和我的小伙伴们沟通畅通无阻的必将是我的学识和我的人格。我对自己的要求是："不能够成为自己学生时代所鄙视的老师，希望因为我的存在能够给小伙伴们带来幸福。"我对我的小伙伴们的要求是："二十年后，希望你们不要成为自己今天所鄙视的人，所以从现在开始必须像一个战士一样生活，在平凡中坚持、在坚持中恪守、在恪守中进步，一步步把自己从灵魂到外在都变得强大，要做一个顶天立地堂堂正正的人。"

为什么要学点历史

历史是一门能够让大家幸福的学科，相信大家在第一周学习中，这一点已经深有体会。历史是一门增长智慧和才能的学科，古今中外，但凡有所成就的人，都是有深厚历史素养的人。

国学大师钱穆在《国史大纲》中说："若一民族对其以往了无所知，此必为无文化之民族；此民族中之分子对其民族必无甚深之爱，必不能为其民族奋斗而牺牲，此民族终将无争存于世之力量。故欲知其国民对国家有深厚之爱情，必先使其国民对以往历史有深厚之认识。"龚自珍说："灭人之国，先去其史。"两位大师说的是历史对于一个国家和一个民族重要性。英国弗兰西斯培根曾说过这样一段话："读史使人明智，读诗使人聪慧，演算使人精密，哲理使人深刻，伦理学使人有修养，逻辑修辞使人善辩。总之，知识能塑造人的性格。"

人生苦短，不过百年。你们不可能每件事都样样亲身实践，只有从历史的土壤中汲取营养，才能不断提高自己人文素养，让未来人生之路越走越宽，让我们的生活更加美好。在课堂上大家关于为什么学习历史和怎么学好历史这两个问题的智慧和思想交锋远远出乎我的意料，我为教到你们这样的优秀的学生感到自豪和骄傲。

我说过我教历史方法是：课前我会尽我最大努力最大可能去寻找历史痕迹，然后带着我的小伙伴一起建构并置身于具体历史情境，共同感受历史智慧与魅力，最后让大家形成历史的思维和历史的认识。在我的眼里，历史是精彩的鲜活的有血有肉有生命的学科，而历史精彩在于历史细节，我将带领大家一起穿越在历史天空，去观察历史细节，去和古代先贤对话和交流，以一个客观的中立者身份置身于历史场景，以历史眼光观察历史感悟历史。

我不把你们培养为解题的机器，在我的历史课上，你们会感到做人的尊严，感受到学习魅力、感受到知识的力量，希望我们彼此珍惜课堂，随着时间的流逝和我们彼此交流增多，朱老师的历史课会越来越精彩，我的小伙伴们也会越来越优秀。

最后补充一句，如果小伙伴学习和成长遇到什么困惑，可以亲自告诉我，也可以用小纸条转交给历史课代表，共性问题我会在适当时间通过书信形式和大家交流，个别问题我会在私下适当时间适当场合和你单独交流，我会引导和交流我的学习方法。至于补课费，大家还是要给的，不过不是现在，等十年、二十年、三十年以后，你们都成为这个社会顶天立地堂堂正正的人的时候，直接给我汇支票过来。小伙伴们，为了不让自己失望、不要让自己父母失望，也为了那些牵挂和关心我们以及我们牵挂和关心的人，我们一定要争气。

祝愿我的小伙伴们每天都活出最美丽的心情，愿你们的生活永远与真诚、阳光和希望相伴；愿因为我的存在能够给我的小伙伴们带来幸福和好运；希望三年以后，我的小伙伴们能够自豪地说："我是毕节一中人，我为自己代言。"

于毕节市桂花路四小财政局对面咖啡店

The Characters of Youth

第5章

青春加速

——何睿斯"高速移动信道"攻坚团

青春关键词：

「攻坚克难」

不足十岁的年龄差，让32岁的博士生导师何睿斯和他的学生之间有着更为新颖的师生关系。在北京交通大学轨道交通控制与安全国家重点实验室里，这个优秀的团体，正用攻坚克难的热血青春擦亮轨道交通建设的「新名片」。

办公室里的小型讨论会

"明天上午 9 点有时间吗？我们可以讨论一下。"黄昏，正在各自忙碌的黄晨和杨泪，几乎同时收到导师何睿斯发来的信息。

小型讨论会就在何睿斯的办公室进行。校园空间有限，轨道交通控制与安全国家重点实验室团队里每个人的办公室都分散在学校各处。何睿斯的办公室在一处有了些年头的两层办公楼的一小间屋子里，两张办公桌占据了房间的中心位置。办公设施无所谓新旧，但在这里进行的小型讨论会却是令团队和学生收获最多的课堂。

思想的碰撞、前沿信息的交织，何睿斯带领的学术团队，每周都会组织这样的"信息密集型"研讨。席间会谈及目前开展的研究领域之进展与思考；有时，会摆出科研过程中遇到的问题，以及计划的完成和跟进细节；有时，也会有一对一的学术辅导和学生们自行组织的学术讨论。

交流就是一种问候。

亦师亦兄亦友 /

"何睿斯?"

就读博士之前,黄晨在学校里曾尝试打听何睿斯老师的情况。令黄晨不解的是,这个名字对很多老师来说很陌生,几乎没听说过。

如今,如果你再问起这个名字,学生们会异口同声地回答:"高山仰止啊!"

何睿斯是谁?

作为北京交通大学轨道交通控制与安全国家重点实验室成员, 2019年,32岁的何睿斯入选国家自然科学基金优秀青年基金(国家"优青")项目;2017年,入选第三届中国科协青年人才托举工程。主持和参与国家级、省部级课题30余项,发表学术论文150余篇,含SCI论文70余篇,获得授权发明专利5项,提交技术标准提案和白皮书14项。致力于轨道交通高速移动通信技术、铁路基站信号覆盖预测难题研究的何睿斯，提出了轨道交通场景信道预测模型库，并已被国家铁路行业及国际组织采纳并应用。

随着智能交通系统的发展，何睿斯和他带领的博士生团队已经把研究领域扩展到了整个交通领域的多个方面，包括高铁、车联网、无人机等，和北京交通大学轨道交通控制与安全国家重点实验室的其他核心团队一起，他们紧跟时代发展，着力开展铁路宽带移动通信(LTE-R)、下一代移动通信系统理论与关键技术（5G）以及面向6G的太赫兹通信的研究，在师资队伍、人才培养、平台建设、科学研究、国际学术交流等方面都取得了长足的发展。

不足十岁的年龄差，让何睿斯和他的学生们有着更为新颖的师生关系。或许可以说，他的学生们就是看着自己年轻的导师一点一点变得如此优秀而成长起来的。

"工作时长是衡量一个学生态度的非常重要的指标，但是工作效率和工作时长同样重要，甚至比工作时长更加重要。在做研究时，我们需要保持一个清醒的头脑去思考、分析、解剖问题，这样才能抽丝剥茧、拨云见日，最终找到问题的答案。在头脑不清晰的时候，蒙头工作往往会导致无用的工作量。如果是在无线信道领域，就会出现很多麻烦，比如，使用错误的方法去处理数据，使用错误的模型去分析数据，亦或者写出了缺陷多且不易排查的代码。这种低效工作量，往往会导致在项目后期花费更长的时间去更正、弥补之前所犯下的错误。"黄晨在即将交给何睿斯的工作汇报中写道。

"很多时候，我都会鼓励学生们，你们要成为这个小方向最专最有发言权的人，你们要比我强。"在学生成长背后，博士生导师何睿斯关注的是学生研究兴趣的培养。"因为喜欢，就有信心找到突破口，就会有源源不断的想法，能够把事情做得比你想象还要好。"

师生围绕着具体的问题进行学术探讨，顺畅，融洽。学生看到自己的成果，内心自是喜悦。

"一方面，何老师是我们的榜样，他发表的高水平论文数量在他的同龄人中可以说是遥遥领先的。他会踏踏实实地、认认真真地审读我们的论文，从科研内容到语法，再到写作规范，他都会进行比较严格的把关，无形之中帮助我们提高了论文的录用率；另一方面，何老师的科研能力很强，有不少研究项目。每每碰到瓶颈，何老师在学术方法上给予很多指导。踏踏实实地做研究，自然而然得出合情合理的结果，就可以发表在高水平的期刊上。"学生们说。

年轻的何老师最让学生佩服的，就是他的行动力。"他真的就是能静下心来做事的人，是很自律的人，很有效率的人。"

保持优秀

2019年10月1日国庆节，黄晨终于得以独享实验室，让他想起外籍导师莫利什（Molisch）教授的那句口头语："享受此刻。"（I enjoyed this time.）

研究可以是从一个场景换到另一个场景。何睿斯认为："国际合作与联合培养可以有效促进一个博士生多方面能力的发展，同时，参与国际学术交流也是拓宽国际学术交流渠道，这些方式不仅让博士生在学术上有所建树，同时也开拓博士生的国际视野和交流合作平台，接触更多的国际学者，避免闭门造车的瓶颈，并能够与国际顶尖学者进行研究合作。"

在何睿斯的观念里，一个优秀的博士生需要的主要能力可以概括为三点：发现科学问题和攻克科学问题的能力；项目管理和推进的能力；交流合作的能力。

科学的发展总是离不开交流与合作，博士生在开展学术研究时也同样需要与他人进行学术交流与合作，在学习不同领域知识的同时，提高自己专业研究的深度与创新度。

翻阅何睿斯的履历，在研究生阶段，他曾多次到美国佐治亚理工学院、美国南加州大学、比利时鲁汶大学、西班牙马德里理工大学做访问研究，有机会与国际上最顶尖的团队和知名学者进行深入交流。

受益于这种培养模式，他也更在意借助国际合作与联合培养机制，支持学生参与国际学术会议，开拓眼界，培养创新能力，增长科研自信。置身于这个优秀的团体，黄晨、杨汨的博士生学习经历也不一般。黄晨，刚结束在美国一年的学习。杨汨，也是刚参加完国际学术会议回国。

优秀的导师带出优秀的学生，何睿斯团队的青年人们交出令人羡慕不已的答卷。

黄晨，北京交通大学2016级博士生，已发表SCI/EI检索论文13篇，授权专利两项，并获得2017年国际知名会议WCSP最佳论文奖、2017年北京交通大学秋琦奖学金等。出访美国南加州大学，即将出访比利时鲁汶大学。

杨汨，北京交通大学2017级博士生，已发表SCI/EI检索论文27篇，并获得2017年国际知名会议ICCC最佳论文奖。负责搭建了面向高速移动场景的动态MIMO信道探测系统，并支持了一系列科研测试工作的开展。

马张枫，北京交通大学2018级博士生，已发表SCI/EI检索论文4篇，入学半年时间完成一篇An2区SCI高水平论文的撰写，并获得2019年国际知名会议IEEE VTC最佳学生论文奖。

何睿斯的学生们

课题

到底是怎样的研究，让何睿斯和他的团队受到如此关注？

记者：你们的研究课题突破点是什么？

何睿斯：克服高速铁路场景下基站无线覆盖预测不准确的难题，克服无线信道多径信号聚类及动态跟踪不准确的难题。

记者：有哪些具体应用？

何睿斯：1.提出高铁场景分类标准并建立了大、小尺度传播模型库，收录入国家铁路行业标准，指导中铁勘探设计院高铁覆盖预测并应用于郑徐高铁等线路的网络规划。2.提出非平稳信道度量方法及动态信道建模理论，被欧洲COST组织收录。3.提出高速移动信道多径跟踪与分簇方法，被国际5G信道模型联盟技术白皮书采纳。

记者：研究目前处在什么水平？

何睿斯：1.高速铁路传播场景下无线信道预测模型库，模型的预测误差小于3dB，优于国际铁路工程领域主流的Hata模型（预测误差可达10dB）。2.面向5G/B5G新型信道模型开发的需求，提出多径核功率密度（KPD）的概念，并由此提出涵盖角度特征的高精度多径信号聚类算法，聚类准确性较之国际主流的KPM算法最大可提升55%，相关成果也获得授权美国专利1项。3.基于终端移动性模型的非平稳信道建模新方法，使得国际传统的规则几何随机性理论具备了模拟信道非平稳特性的能力。

记者：那么，未来又会有哪些趋势呢？

何睿斯：随着当前信息技术、自动化与智能控制领域的飞速发展，更多的传感设备被引入综合交通系统中，以创建一种更加安全、更加高效的交通模式。无线通信及感知技术也正不断融入综合交通系统，丰富未来智能化交通的应用。以车联网应用为例，它不仅可以有效地服务于车联网中的驾驶盲点告警、超车告警、碰撞告警、车辆定位与跟踪等安全应用，也可以从智能车载导航、车流信息采集、车载信息娱乐等方面全方位提升车联网系统的效率和实用性。智能化的车载感知系统可以全面提升汽车对道路情况的感知和应变能力，解决传统的GPS、雷达和视频监控系统中覆盖范围和环境受限、无法实现非视距传输（弯道路段、城区高楼、车体遮挡、弯曲隧道等场景）等问题，提升车联网的自动化程度和安全性。5G时代的汽车，将有望借助对外界的智能感知和信息的可靠传输，用自动驾驶技术逐步取代驾驶员的操控，极大限度地降低人为操控错误，自动化程度将显著提升。

对文科出身的记者来说，这样专业的回答并不是很好理解，但知晓这样的研究已走向国际并被认可，也印证着走出去的学生们的感受。

"现在，中国的学术影响力越来越高。放在20年前，在国际会议上，我们的学者会宣读自己的论文，但大家不关心你做的内容——你做你的，跟我们没有关系。但现在不一样，我们做的东西可以跟你们比，我们俩的性能说不准谁的会更好。"

越好奇，越投入，越有意思

"做某一个领域的研究，研究思路是什么？常规方法、主流方法和创新点的突破在哪儿？正是因为慢慢地把这些问题吃透，才激发出进一步做研究的兴趣。"

——何睿斯

很难想象，目前已担任IEEE（电气与电子工程师协会）*Transactions on Wireless Communications*期刊编委、担任IEEE *Journal on Selected Areas in Communications*期刊首席客座编委的何睿斯，在十年前，还并不清楚自己的发展方向。

"是继续读博士，是当老师，我没有明确的打算。也是在做研究生的过程中，慢慢地喜欢上了这项工作，慢慢地在这个过程中感觉到自己的成长，包括对于一些未知领域、未知问题、一些新鲜事物的探索、乐趣。"何睿斯回忆时说道。

现在想来，正时那时的慢——慢慢琢磨、慢慢发现——成就了何睿斯今日的突飞猛进。

"当时，我的核心工作就是解决基站的覆盖问题，但工程师并不知道基站能覆盖多远。"在保障工程实施的过程中，工程师采用一些极端的办法，把基站部署得非常密集，由此导致的过冗余覆盖会带来一系列的工程实施难题和经济问题。"如果部署过于密集的话，实际上反而会使通信系统性能下降。我们需要去结合实际情况优化部署方案。为此，我们做了大量的现场测试，包括基站覆盖数据的测试、数据捕获、数据分析等工作。"

工程师知道问题所在，但是他们没有精力、没有办法解决。"科研人员能做的，就是为工程师去解答这些困惑，能够为工程师的一些工程设计提供部分理论指导。"何睿斯思考着，"为什么不能够从源头找出问题所在，在部署下一条线路的过程中让它变得合理？这样下一条线路的网络规划和优化就不会出现那么多问题了。"

这个课题是不少研究生都会碰到的，但并不是大家都愿意去解决的。在他们看来，一方面，数据的分析、预测模型的开发不是博士研究生该做的事情；另一方面，工程量和文档处理的工作量太大，大家担心这里面没有什么科学难题。

"这就是现实中存在的一个问题，是值得去做的一件事情。"当时，作为硕士研究生的何睿斯，并没想那么多——能不能发表文章？要不要读博士？能不能挖掘出大量的科学难题和一些有价值的东西？

何睿斯真正对科研产生兴趣的时刻，就是在"做"的过程中出现了。

越好奇，越投入，越有意思。一道道难题摆在眼前，需要研究，需要攻克。何睿斯也逐渐领悟导师钟章队、艾渤教授说的话，"我们的科学问题在哪里？""如何从一个工程需求、一个行业里的科学难点、一个科学理论里，找到攻关对象？"

越来越清晰，越来越明朗。

"在硕士研究生学习期间，正是因为慢慢把这些问题吃透，才激发我进一步做博士研究的兴趣。"

如今，作为博士生导师的何睿斯常常反思，给博士的选题一定要有前瞻性，要有理论深度的挖掘空间，如果只是解决一个工程难题，就很难让学生有兴趣去发现其中深藏的科学问题。

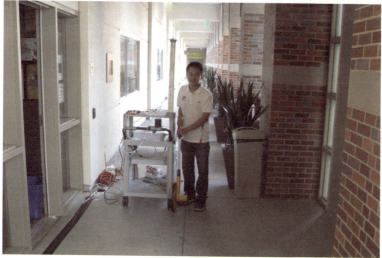

科学研究中的非科学问题

研究中面对的海量数据分析，常常让人望而却步。

每一个基站保存了几百次、上千次的测试文档，每一个文档里面的一条曲线可能代表着来自几十个基站的信息，所有数据都糅杂在一起。要研究，就要分析这些数据，找到每一个数据的起点和终点，这一过程涉及大量非科学的事情，是一项烦琐的重复性工作，需要研究者有足够的热情、足够的耐心。

"我们有时候在这个实验室做一个月，天天只是敲电脑，一个一个复制、粘贴。"不断地分析和处理、不断地增补，单是做数据处理就持续了不止两三年。

通过团队的努力和支持，何睿斯逐渐摸索出自己研究领域的特别研究方法，在对铁路的实际线路情况、通信系统测试数据以及基站覆盖质量进行了海量调研和数据分析后，最终建立了一套完整的铁路通信覆盖预测模型，成为整个团队的标志性成果。该成果不仅有效缓解了铁路基站过度冗余覆盖的情况，还对一些铁路设计院的工程设计以及铁路通信系统的列入预算和网络优化等问题，起到了指导作用。

如今，当初无人问津的无线电波传播、无线信道测量与建模研究方向成为了何睿斯科研团队的王牌，其成果广泛应用于我国高铁通信领域，涉及基站间距估计、小区覆盖预测、链路预算设计、实际工程网络部署等工作环节，优化了高铁网络覆盖，提升了数字铁路、宽带铁路的效率。

"从表面上看，信道测量或者信道探测的关键是设备。其实不是，是探测理论、探测的技术和技巧。"回国之后，他和团队搭建自己的测试平台。"现在的测试系统不仅能够支持车联网、5G的信道测量，同时涵盖列车高速移动场景与车站高用户密度场景，能够实现400 km/h的高移动性动态测量。当然，测试系统离不开平台的升级，因为我们知道其中的理论和原理，即使平台升级，也知道怎么用。"

目前，何睿斯团队的研究范围已经不限于传统的铁路无线通信领域，随着整个智能交通系统的发展，也为了响应国家交通强国战略，团队已经把研究领域扩展到了整个交通领域的多种交通方式，包括高铁、车联网、无人机等。除了研究内容的扩展，研究的理论方法也不断推陈出新，一方面提出了多个在相关领域内具有创新性的成果，另一方面也积极把新兴领域的一些热点成果，例如人工智能等概念引入到团队的研究中。

相信自己能跑

发表学术论文150余篇，含SCI论文70余篇，人们常常惊讶于何睿斯的高质量论文数量。

"我也是慢慢成长起来的。哪怕一开始是一个不起眼的东西，但当时获得一点点成功的话，就会更加认同自己的努力，信心可能就建立起来。"自身的成长使他深有体会，学生自信心的建立对于学生的成长至关重要。

在研究初期，何睿斯允许学生写出一些达到基本水平、但相对而言不是那么满意的作品。"不能让学生一直在失败，一直在跌倒，他得有爬起来的过程。得让他明白，自己能够站得起来，走得了路。他看到自己能走了，才会相信自己能跑。"

"我希望自己的学生能够借鉴一些经验，能够走得更好。成长是一步一步走过来的，在这个过程中，学生才能逐步建立起信心。有一些信心的积累，才能够持续地对研究产生兴趣，多种因素交织在一起形成良性循环，创新能力思维才会变得更加得活跃。

否则，有些学生就是一滩死水，找不到自己的突破口在哪里，他永远没有想法。"

他的学生们也清楚地记起发表的第一篇高水平论文。

"何老师在论文上的批注真的有两三百条，而且不是一次改好。这次改完了，交给他，还有第二次、第三次。"黄晨对导师的严格标准深有体会。"博士阶段这几年很重要的一个节点，就是第一篇重要论文的发表。这之后，很多东西你自己就学会了，就感觉轻车熟路了。"杨泪如是说。

虽说论文有一些写作技巧，但何睿斯的学生都明白，论文都是建立在实际工作的基础上，还是需要踏踏实实去做研究。

这也正是何睿斯反复告诉学生们的。"我们不是单纯为了写论文。写论文是一种方式和手段，是在做具体科研工作的过程中的思考，应该注意提炼总结，上升到一种理论高度，以一种业内认可的规范形式表达出来。读研究生的目的不是来写论文的，我们的目标是要解决一个科学问题，解决一个难题。难题解决之后，把我们的思路结果以论文的形式转化出来，让别人知道我们做了这件事，我们把这事情做得很好。"

有的学生会研究文章是怎么发表的，找一些捷径和讨巧的法子。"如果把时间花在琢磨这些技巧上，捡到的芝麻只是眼前的利益。浪费的时间和精力让你丧失了真正做高水平科学研究的能力，你也就没有时间和精力真正打开一个属于你自己的空间了。"

攻关 /

何睿斯回想，研究生期间也有一个长时间的摸索和探索的过程。当年在分析数据、了解数据的时候，他翻阅了大量的文献，发现一些数据的处理方法、分析方法和输出结果是可以自己做出来的。尽管，数据的来源不一样、特点不一样，但方法都是相通的，是有共性的。"既然他们这样做能够成为一个科研论文，能够成为一个科学研究的成果，那我们为什么不能够也做一做类似的事情？"

最初可能是模仿，但不能只盯着前人用过的套路。"一个人要有敢于攻关的能力，要有敢于攻关、做大事情的毅力和决心，不被眼前的利益遮蔽。我们不要试图求一些数量的和表面的东西，我们要把自己的事情做好，能把一件事情做到极致，你就会能成为一个大专家。"

有了实打实的工作做基础，论文就是水到渠成的事。"这不是吹牛，不是说写一篇文章很简单，一个星期就能写出来，而是说前面的铺垫、积淀够了，写论文就很容易了。如果前面是个空壳子，论文就很难，没东西写。有时候，看起来论文写得飞快，但实际上还是前面的工作做了很久，做到位了。论文的发表有一个周期，可能这篇文章是去年做的，那篇文章是前年做的，只是今年才发表出来而已。多数人只看到我今年出了六篇，却没看到我去年、前年没有论文发表，没有看到前期所作的努力和铺垫。"

"回顾一年，我在美国这边主要完成了基于机器学习的信道场景识别算法研究和基于轨迹信息的多径簇识别算法。这几项工作分别投稿 IEEE Mag、IEEE TWC 和 IEEE TVT 三个高水平的期刊。目前正在进行的研究是两个建模工作，预计可以投稿两篇 IEEE TWC。研究过程中当然也出现了许多困难，但是在钟章队、艾渤、何睿斯等老师，以及外导莫利什教授的支持下，在与学术界朋友们的讨论下，最终都还是克服了学术难题，成功解决了问题。"

汇报、交流、实验、教学、研究，何睿斯和他的学生们关注着自己的研究领域，每天的工作忙碌而充实。

思源楼

入夜，何睿斯走入思源楼，开启他的教学时间。作为教师，他担任2个本科班的班主任，承担本科生、研究生课程6门课程。

电波传播与信道建模理论、车载交通及轨道交通通信技术、机器学习与无线通信交叉应用……有那么多待解之问吸引着他们一起攻克，一步步努力走向研究领域前沿。

"你有兴趣，热爱它，就能把它做得很好，便不会觉得它苦，不觉得它累。"他讲述着。

"学生能写好一篇论文，你这个老师就是成功的。"当年，作为青年教师接受培训时，一位年长的老师告诉他们。

他理解，"这不是说写一篇文章就可以，它其实传达了一个思想，我们能把一个事情做到极致，就是很了不起的事。"

师者，传道，授业，解惑，生生不息。

上课，下课，穿行思源楼，交大人都会知道，在不远处，在枝叶繁茂的百年国槐荫蔽下，石碑上镌刻的"知行"二字校训，简单却意味深长。专注、求索、攻坚、踏实，何睿斯和他的博士生们正用"热爱"诠释知行合一，克难攻坚，用青春书写交通强国梦想。

何睿斯（右四）获北京交通大学"五四奖章"

勇立潮头，青春热血

文：何睿斯

尊敬的老师，亲爱的同学们，以及各位同学的亲友们，

大家好：

我是电子信息工程学院 2015 届博士生何睿斯，在今天这个特殊的日子里，非常荣幸能够代表全体毕业生向我们深情热爱的母校道别，向敬爱的恩师道别，向可爱的同窗们道别，也向这段不能忘怀的珍贵岁月道别。

一转眼，我已经在交大学习了 10 个年头，回首往昔，本科的懵懂、硕士的激情、博士的宁静，正一幕一幕如电光火石般在我脑海里闪过。这段岁月并非三言两语可以简单地概括，十年青春年华里，我最庆幸的，是有师长们的教导和鼓励，为我的前行指明方向 。

2009 年当我踏入硕士研究生大门的时候，心中充满的是对

新鲜知识的渴望、是对科学实践的热情。

2010 年，我幸运地获得了赴西班牙进行半年访问学习的机会，当我犹豫之际，是同学和师长的鼓励使得我走出国门，认识世界。

2011 年，当我徘徊在读博与毕业的抉择中时，是所在的科研团队为我提供了大量现场的工程实践机会，使得我切身感受到理论指导实践的奇妙，也燃起了我心中攀登学术高峰的神圣梦想。

2012 年，当我正为一个出国深造的机会感到彷徨无助时，是导师伸出了慷慨的双手，资助我远赴美国留学 1 年，撑起了我心中的那个投身科研的梦想。

2014 年，当我开始着手准备毕业的时候，是导师及时地看清了我的潜力与不足，切身处地地为我的事业轨迹规划了道路，于是，我再次在他的资助下出访比利时 8 个月，这段旅程彻底为我的研究构筑了一个完整的体系，为我今天的丰硕成果打下了坚实的基础。

研究生这 6 年，我出国访问 3 次、参会 10 次，年年都在奔波，年年都在忙碌，年年都在世界的不同角落留下了自己的足迹。但在这每一年的变化背后，不变的是导师的引导，是同学的鼓励，是团队的支持。而在这无数个鲜活个体的背后我看到的是母校真诚的关怀和殷切的期望。正是母校所提供的平台，使得我们可以放飞希望，追逐梦想，并最终收获自己的成长。漫漫人生路中这短暂的几年求学生涯，终将成为过去，但这段岁月中恩师们的谆谆教诲，却早已融入我们的血液和灵魂。

此时此刻，我们的心中充满了感激，感谢您，可亲可敬的老师们！红果园中的领路人，学术殿堂里的大师们。你们不仅传道授业、答疑解惑，更在思想精神上指引我们，为我们的成长之路引领方向。你们严谨踏实的治学态度、拼搏创新的学术理念构筑了我们投身科研的信念，那份胸怀祖国、志存高远的情怀更是深深地激励着我们勇往直前。高山仰止，当更催后来之人奋发不已，你们将是我们一生的榜样。师恩如海，衔草难报，在此临别之际，请允许我代表所有交大学子，向母校的全体老师们致以最衷心的感谢！谢谢你们，老师，您辛苦了！

不论将来身在何处，心在何方，我们都无法忘记母校交大赋予我们投身时代、振兴中华的历史使命。两千年前，丝绸之路开辟了中外交流的新纪元，开放包容、互学互鉴、互利共赢的精神薪火相传。斗转星移，丝绸之路历经沧桑巨变，在今天迎来新的发展机遇。国家提出的"一带一路"发展倡议成为连接中国梦与世界梦的战略纽带。作为肩负着国家交通事业发展重任的交大学子们，我们定将争当"一带一路"倡议的"急先锋"和"顶梁柱"，为了共同的梦想一路坚持。

现在，历史的接力棒就要交到我们手里了。作为新一代交大人，我们即将启程，心系着母校的殷切期望，满怀着责任、奉献和感恩，承载着那份执着、无畏和坚持，昂首阔步、开创未来！

我们相信自己的选择，也定当勇敢地拥抱明天！

最后，请允许我用毛主席当年的词句赠予在座的各位同窗，其实这句话也是习近平总书记2013年新年贺词的重心，那就是："东方欲晓，莫道君行早。踏遍青山人未老，风景这边独好"！

谢谢！

（何睿斯作为2015届优秀博士生代表，
在学校毕业典礼上的讲话）

The Characters of Youth

第6章

重建"桃花源"

——返乡做公益的林炉生

（特约供稿：彭珊珊）

青春关键词：

「砥砺奋斗」

当「逃离北上广」和「逃回北上广」逐渐成为青年人群体中僵持不下的两种声音时，「80后」林炉生已经完成了北上求学—留京工作—离京返乡—公益创业—再度北上深造—扎根乡土的历程。离开北京，回到福建，投身乡村建设，他称之为「离开北上广，重建桃花源」。

土楼

一直到9岁以前，林炉生都住在福建乡村的土楼里。

这是一种在世界范围内都独具特色的大型民居建筑，能容纳上百、甚至上千名家族成员聚族而居，是东方血缘伦理的见证和象征。土楼形似堡垒，也的确具备防御土匪、野兽的功能，民间盛传冷战时美国人曾通过卫星照片发现这些"不明建筑"，误以为是核弹发射井而紧张万分。

林炉生住过的"陶淑楼"，是福建省漳州市云霄县内龙村最大的一座环形土楼。在他的印象中，土楼冬暖夏凉，三十多户人家住在一起，人情味十足；楼前有个大池塘，一到夏天，孩子们就成群结队跳进水里洗澡。

村里老人说，"陶淑"是"逃宿"的谐音，因为南宋末代皇帝曾避难于此。传说虽不可考，但陶淑楼无疑已经上了年纪：据文献记载，陶淑楼最近的一次大修是在1924年，此后仅有住户各自零零散散的小修；多年的风吹雨淋使得屋顶和墙体受损严重，梁柱因蛀虫而坍塌，连成一片的土质结构开始接二连三地倒下。

从20世纪90年代开始，有条件的人家陆续搬离陶淑楼，炉生家也早已住上新盖的楼房。自宋元以来在闽南、闽西山区传承了数百年的土楼，现在因为人们不再有集体防卫的需求、从大家族转向小家庭的居住模式的改变等原因，命运受到现代化进程的挑战。昔日热闹的"陶淑楼大社区"，如今只剩一半住户，许多是老人，他们年事已高、经济能力有限，面对漏雨的屋顶和破败的墙垣也只有无奈。而内龙村的另一座方形土楼已经塌了一半，村民在原处盖起新房，土楼就成了半新半旧的奇怪组合。

2008年，福建土楼被列入世界文化遗产名录，一时名声大噪；然而综合考虑位置、规模、代表性等因素后入选"世遗"并受到保护的土楼仅46座，在福建地区的3000余座中只是很小的部分。"一部分土楼得到了商业开发，但还有许多土楼和陶淑楼类似，缺乏修缮保护资金，面临破败和坍塌的风险。"林炉生说。

返乡

"等我们把钱凑齐、把施工的材料运进村里，村民的态度就有了转变。他们意识到你不是来拍拍照就走，而是动真格的。"

——林炉生

起初村民们并不相信，会有人义务来修他们的破旧土楼。林炉生刚从北京辞职回乡时，乡亲们也不太相信他，"又不是做生意的大老板，哪来的钱给别人修屋子？"

此时的林炉生已经从事公益近十年。在北京读大学时，他跟着社团到各地乡村支教、调研，留校工作一年后就辞去了北京师范大学后勤部门的稳定工作，创办公益机构"农民之子"，致力于流动儿童教育。2010年，他又创建燕山学堂，实践自然教育和生态家园。2014年——那会儿"逃离北上广"还没有成为热词——他便离京返乡，将两家机构交给同事，自己又在福建创办了美和公益。

"对父母是连哄带骗，自己在创业初期也承受着很大的压力。"林炉生说。但是在北京的十年探索，让他对回归自然的生活方式有了更深切的向往。"在一线城市生活有'新三座大山'：住房、教育、医疗。这三座大山本身就是很多人打拼的目标，同时也是巨大的压力。但是回到乡村，花很少的钱就能住得舒适；教育方面，我认为孩子的成长和教育不一定要到最贵的学校，大自然、生活、社区，都可以成为很好的教育场域。至于医疗，我认为最重要的还是从源头上追求一种健康的生活方式。解决了'新三座大山'以后，人就不那么盲目和焦虑，对待生活从容淡定了许多。"

2015年年底，林炉生在家乡发起"好厝边"（闽南语意为"好邻居"）计划，从"陶淑楼"入手，推进乡村的居住环境改造。他通过线上众筹募集了10万元，请来北京和厦门的建筑团队设计方案、考察测量。林炉生在北京的朋友、清华大学的建筑师贾莲娜夫妇常义务前来帮忙，但往返的成本太高，于是转而培养福建本土的青年建筑师。他们找到厦门大学建筑系的学生，一面协助做村庄的规划设计，一面作为实践学习，有的还准备以陶淑楼为题写作硕士论文。

"等我们把钱凑齐、把施工的材料运进村里，村民的态度就有了转变。他们意识到你不是来拍拍照就走，而是动真格的。外地的志愿者大老远跑来，睡地板、干活、支教，对他们触动也很大。"林炉生说。

村民开始越来越多地参与其中，组建微信群、捐款、施工。"其实筹款主要还依靠外部力量，但村民的参与是最有价值的。"林炉生说，自己虽然是本村人，但要真正撬动村庄，必须培养一些在地的工作者。

团队发展了一些热心村民，林炉生把他们分成两个小组，一组管理具体的修缮工作，一组负责儿童教育、环境卫生以及志愿者接待。前一组掌握"财政大权"，共7位老人，由村里德高望重的乡贤以及退休教师组成，由他们管理收支、买木梁、请工人；后一组则以年轻人为主，还有四五位热心的妇女。

"现在我们的工作微信群里有将近200人是本村村民，"林炉生说，"他们分布在全国各地，过年返乡时参与建设，在外务工时可以号召募捐，积极性很高。"

2016年6月，林炉生和他的团队一起完成了陶淑楼屋顶和墙面的修缮，土楼的使用寿命大约可以再延长50年。住在楼里的乡亲终于不用再担心漏雨，可以睡个安稳觉了。

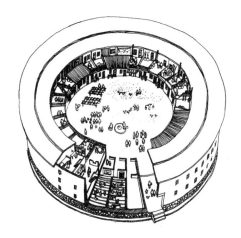

好厝边

H A O C U O B I A N

陶淑人家

书院 /

"农村人有一些技能，比如做木工、做手工、种果树……也许他们的文化水平不高，但书院的理念不以学历为评价标准，有才、有德、有技能的人就可以开课。"

——林炉生

土楼修缮只是"好厝边"计划的开始。

村里面临的另一个紧迫问题是教育资源的缺失。内龙村有300多户2000多口人，没有一所幼儿园，林炉生曾就读的内龙小学，过去有一百多个孩子，现在仅剩一、二年级，十个人不到。类似状况在中国目前的乡村并不少见。

2001年，全国农村中小学开始"撤点并校"，大量撤销农村原有的中小学，使学生集中到小部分城镇学校。"撤点并校以后，教育资源集中了，但另一方面，乡村学校的功能远不止义务教育，那些功能没有替代品。比如乡村教师往往扮演着乡绅的角色，村民遇到问题或者彼此有分歧就会找他们来交流甚至仲裁；又如乡村文化环境的塑造，也与学校息息相关。"

林炉生想在陶淑楼里办书院，让村里的大人和孩子有一个接触文化的空间。"书院在福建有悠久的传统，朱熹就在这里办过考亭书院授徒讲学，老百姓也知道耕读传家。我希望能通过书院在乡村营造一种文化氛围，小朋友能获得文化熏陶，村里的大人也可以在这里接受成人教育。"

关于陶淑书院的设想，其实林炉生早已在北京的燕山学堂试验过。他在燕山脚下租用并改造了一个养鸡基地，为农民工子弟提供"自然教育"，开设木工课程、教授《诗经》《本草纲目》等，已经坚持四年。但他感到燕山学堂在社区动员方面始终有困难："因为北京的农民本来就不多，加上我们是外来人，很难真正融入当地的村民生活。现在我回到福建，这个问题就不存在了，福建乡村多，乡亲之间因为宗族的维系关系紧密，动员村民就更加容易。"

修缮陶淑楼的一期工程完工后，内龙村村民的积极性已经被调动起来，有三户人家愿意出让他们闲置的屋子作为书院的使用空间，林炉生计划将其改造成书院教室、画室和图书馆——这是二期工程，已经完成筹款并开始施工。而在第三期计划中，他还打算改造一些屋子作为青年旅社，一方面为义工住宿生活提供便利，另一方面也可以做成家庭民宿，帮村民增加一些收入。

"土楼作为一个居住空间主要有两个问题，一是没有卫生间，二是采光不好。我们改造书院的时候会从这两个方面着手，改善土楼的使用环境。"林炉生说。

　　书院的师资目前还只能靠外援。2016年暑假期间，林炉生尝试邀请澳门大学的师生前来支教，效果很好，他的计划是书院建成后定期邀请各个领域的义工前来授课。"志愿者可以是大学生、导演、画家、建筑师……请他们来这里住上一个月，在教书的同时也感受乡村风情。土楼提供的民宿服务会有一些收入，加上一些自由捐款，书院能有一些收入给志愿者作为生活补贴。"

　　另一方面，和修缮工程一样，林炉生认为挖掘本土资源才能让项目可持续。"农村人有一些技能，比如做木工、做手工、种果树……也许他们的文化水平不高，但书院的理念不以学历为评价标准，有才、有德、有技能的人就可以开课。"此外，他还计划引入线上学习课程，让村里的孩子有机会享受到网络时代的便利。

　　"目前村里只有一二十个小朋友，孩子们大都跟着父母，被送到县城里的幼儿园、小学里去了。但村里的孩子到了县城，往往只能去比较差的学校。不少家长说，如果书院能办起来，他们愿意把孩子从县城里送回来。"林炉生说。

乡村

　　"离开北京、回到福建的二三线城市，会有更多机会成为行业的引领者。何况现在交通发达、网络通畅，我想完全可以返回乡村，去探索新的生活。"

——林炉生

　　对于乡村教育，林炉生有自己的观察。"目前中国有六千万留守儿童，他们面临的是和我们村孩子一样的问题。'撤点并校'以后一些农村的教育被掏空，没有了文化教育的载体，整个社会氛围又比较浮躁，农村文化生活非常贫乏。在我们老家，一个村子有超过10间麻将馆，妇女老人带着孩子打麻将，赌博抽佣甚至成了维系生计的一种方式。"

　　林炉生希望土楼的修缮和改造能摸索出可复制、可推广的模式，改变更多村庄的面貌。

　　"隔壁平和县就是著名翻译家林语堂的故乡，那里的几座土楼破败程度比陶淑楼更严重。"据林炉生介绍，平和县也有过修缮土楼的想法，但在筹款和建筑方面都没有经验，"好厝边"的下一站可能就选在平和县，并且已经派出村里的青年骨干去交流。

"土楼名气大，有吸引力，适合作为一个起点，以后希望能扩展到更多乡村古厝，从古民居的保护入手，带动乡村的文化教育和环境保护。福建在这方面资源很丰富，比如福州地区的永泰县、闽清县，都有不少古厝。只要我们的模式成本低，能整合村庄内外的资源，可持续性就有保障。"

陶淑楼的一期修缮工程花费10万元，林炉生通过支付宝及公益机构"雷励中国"筹到了大部分资金，他坦言如果没有外部力量的推动，很难一下子调动村民参与，因此合作团队的力量至关重要。"好厝边"计划启动以后，林炉生又申请到北京大学光华管理学院攻读公益管理硕士——这是一个全新的专业，他希望通过这个平台与更多企业、机构建立联系，将陶淑楼的模式推广到更多村庄。

谈起乡村建设与公益创业，林炉生觉得目前最大的困难是缺少管理人才。"我负责资源整合与筹款，村里的骨干可以做一些具体的工作，但我和他们之间还需要一些综合能力比较强的人来衔接。如果要聘请职业经理人，一年需支付十到二十万的工资，我们还没有相应的资金和人选。"

但他仍对未来感到乐观。"中国的非营利机构目前还处在发芽阶段，成长很快。我也相信，离开北京、回到福建的二三线城市，会有更多机会成为行业的引领者。何况现在交通发达、网络通畅，我想完全可以返回乡村，去探索新的生活。"林炉生说。

（本文首发于澎湃新闻）

安住当下，砥砺前行

——纪念五四运动100周年感悟

文：林炉生

感谢共青团组织认可与推荐，让我有幸得以在人民大会堂聆听到习近平主席关于五四精神的重要讲话。

我个人在乡村服务上所做的工作还很有限，乡村也还有太多的工作需要我们去做。留守儿童教育、留守老人照护、生态环境保育、古民居修缮保护……我们可做的和要做的事情还有很多很多。

在家乡所看到的一些景象，让我心里颇感凄凉。当我还在念小学时，家乡小学校尚且有青年教师。我清楚记得，年轻的语文老师用摩托车载着我去乡里参加作文竞赛；数学老师带着我们去爬山郊游野炊。虽然时过二十多年，这些情景依然历历在目。然而，几年前，当我回到家乡，那里的乡村小学仅剩一名即将退休的老教师。那里也没有幼儿园，十多名学龄前小孩只能跟在爷爷奶奶外公外婆身边转悠。我很感慨，改革开放高速发展了四十年，可我家乡的教育却没有发展，反而在后退。而这种境况不仅发生在我的家乡，在福建的很多山村，我都看到过类似的情景。

作为村里唯一一名到北京念书的大学生，也是村里唯一一名在北京大学念书的学生，我想，如果我自己都不能为家乡和家乡的教育做点事情，那我如何能要求其他人也为家乡做事情呢？幸运的是，这个发自心底的善愿得到了无数人的帮助，清华建筑师、北大校友、公益同行、媒体记者、企业和基金会，最可贵的是村里的妇女姐妹、老人乡贤，他们都逐渐参与进来，成为家乡教育现状改变的参与者和行动者。有了他们，乡村的改变、乡村教育的改变才有根基，才可持续。

我看到几位年轻的妈妈，虽然学历不高，但在孩子的成长上非常用心，她们自己也在努力学习和进步；我看到一位妇女，虽然小学都没毕业，却充满了公益心，为村庄卫生和家乡老人持续地服务。我看到她们不仅在服务、在付出，她们在服务家乡的过程中，能力素质和品德修为都得到了很大的发展，这是非常美好的事情，也常常让我感到内心欢喜。所以，我想，我今天并不是自己一个人来领奖，也不是自己一个人来人民大会堂聆听教诲，而是与家乡这些可敬的妇女姐妹和老人乡贤们，以及无数的支持者和志愿者们共同来接受这项崇高的荣誉，我个人仅仅只是代表而已。

习总书记叮嘱青年要树立远大理想。我想我就先从自己的家乡做起，慢慢的，有了更大的能力和更多的资源，就去帮助周边的村庄，去支持更多有需要的人。"想大问题，做小事情"，我的远大理想还不清晰，"大问题"也还没想清楚，但这无妨，从身边开始，从家乡开始，从微小行动开始，在做中学，边做边想，在行动中思考。

习总书记叮嘱青年要热爱伟大祖国。我想我就从身边小事做起，从家乡做起。家乡的文化教育发展了，环境卫生和人文素养改善了，这也是在为国家出力，为祖国分忧。今天，我在会场里唱响《我和我的祖国》，心里甚为感动，心中升起一个念头，我也可以带着村里的妇女姐妹和老人孩子们一起唱这首歌，歌词真的很好。

习总书记叮嘱青年要担负时代责任，要勇于砥砺奋斗。我感觉与自己生命连接的最紧密的根，还是在乡村和底层社会，当自己能够为这些人群提供一些服务时，或是带来一些改变时，我内心常常感到欢喜。2018年，中共中央、国务院印发

《乡村振兴战略规划(2018—2022年)》，我在乡村公益领域已经做了十多年，自己又是从农村走出来的学子，真心希望能为乡村多做一些事。

习总书记叮嘱青年要练就过硬本领，要锤炼品德修为。我发现自己从事公益行业和乡村事业这么多年，似乎其他的本领都不会，比如我认识的许多青年人都善于运用电商来销售土特产品，或是通过抖音和快手来发展用户，而我到现在还抗拒下载和使用它们。有时候内心也会浮现起迷茫，还伴随着些许的恐慌，这个时候，我会让自己的心沉静下来，让心安住当下，不忧虑未来，也不懊悔过去。毕竟，人的一生很有限，也没有必要什么都要懂一点。

如果这一生只能做一件事，能够令内心无忧无惧，我希望把时间花在服务乡村的公益事业中，足矣！

（林炉生入选2019年度共青团中央"全国向上向善好青年"，作为该年度获该奖项福建省唯一代表，应邀参加了纪念五四运动一百周年大会。该文写于参会并接受表彰之后。）

后 记

写作时，脑海中总会闪过他们不经意的一笑。真的，好像他们都爱笑。

"爱笑的人运气不会太差。"倒不是说他们的运气好，而是他们知晓如何面对现实，如何走出属于自己的青春之路。

塞缪尔·厄尔曼说：青春不是年华，而是心境；青春不是桃面、丹唇、柔膝，而是深沉的意志、恢宏的想象、炙热的情感；青春是生命的深泉在涌流。

书里的年轻人，仿佛很早就懂得了青春的深意。

文秀、启平、古丽都不曾有过富足的童年。相反，他们经历的却是现在的我们大都不曾经历过的贫困、饥饿、疾病、家人的离去。然而，青春气贯长虹，勇锐盖过怯弱，进取压倒苟安。那是，在生命裂缝处，阳光照射进来，激活他们的梦想。

破茧成蝶。生命欣欣向荣，他们成长为自己喜欢的模样，成长为别人眼中的榜样。

有限的时间，我对他们了解得也极为有限，但他们已显露出超凡的精神和品格：热爱、创造、不屈、担当、倔强，而外表又如此平静、祥和，如同你在街市、在乡间遇到的任何一位普通人，甚至还会忽略他们。

他们就在我们的身边，经历着同样平常的日子。假日，作为父亲的何睿斯终于有机会带孩子在操场上学步；这一刻，古丽说着她的吃货日常，下一刻，再给她发信息，已不知所在。就在那一刻，她或许正在更基层的不知名的哪个地方。林炉生在另一个东方古国穿行，回来，他的"好厝边"计划估计又会丰富不少。

"远山一片田，六月稻花香。一路七月蒲草，八月兔葵，再走过九月白露，十月霜，路过街边一场小雪，就走到了我与你的初相遇。"启平终于和志向契合的师妹走进了婚姻生活，时不时会分享自己做饭的绝活，先前没有成为班主任的遗憾早已释然。

准备好乡间最后一次晚会，农大的这批学生陆续毕业了，又有新的学生将会走进曲周，开启他们不一样的曲周时光，新拍成的记录片《田野上的大学》会不会是他们进入曲周的第一课？

夜深人静的时候，文秀姐姐不由自主地会敲打出：想你了。文秀的好友会想起文秀的勤勉踏实，不务虚华，可还会时时遗憾没留下几张与文秀的合影，竟是诀别……

生活就是这样猝不及防。就在写这篇后记之时，听闻毕业于中央民族大学的张小娟牺牲在扶贫路上。

蒙曼老师和张小娟有四年的师生之缘。朋友圈转发着蒙曼老师对小娟的感念：

"念书的时候，小娟属于不前不后，不声不响的女孩子，如果不是因为我带了他们班去湘西实习，可能都不会留下太深的印象。"

"毕业之后，她在北京找了一份工作，我理所当然地认为，她就融入了这座城市熙来攘往的人群里。直到昨天晚上，同时知道了她回乡、扶贫、殉职的三重信息。我不敢相信这是我们的孩子，但这真的就是我们的孩子。我们那个理应获得幸福的藏族姑娘，为了藏区更多人的幸福殉难了，我为她哀悼，更向她致敬！"

致敬！可爱的年轻人！正是一批批青年英杰的涌现，把自己的小我融入祖国的大我、人民的大我之中，与时代同步伐、与人民共命运，实现人生价值、升华人生境界。

青春乐章，是中华民族通往未来的激情回响；青年英雄，是中华民族迈向伟大复兴的蓬勃力量。聪明秀出，谓之英；胆力过人，谓之雄。今天，那些英雄的故事依旧在心间激荡，如星辰，在历史的天空中闪耀；如波涛，在时光的长河中翻涌，引领新一代青年成长。

致　谢

感谢光明日报社同事谭华和部门同事的支持。

感谢北京师范大学刘长旭、孙薇薇，感谢北京农业大学江荣风、刘铮，感谢北京交通大学袁芳等老师。他们对我的写作和采访需求给予了热情帮助，在提供丰富资料的同时，还积极协助采访等事宜。

感谢北京师范大学出版社饶涛、周益群、关雪菁等老师对选题统筹、写作内容等方面的反复研究和倾力付出。

图书在版编目（CIP）数据

青年的品格：黄文秀们 / 靳晓燕著 . -- 北京：北京师范大学出版社，2020.1
ISBN 978-7-303-25324-1

Ⅰ . ①青… Ⅱ . ①靳… Ⅲ . ①报告文学－作品集－中国－当代 Ⅳ . ① I25

中国版本图书馆 CIP 数据核字 (2019) 第 254216 号

青年的品格：黄文秀们

QINGNIAN DE PINGE: HUANGWENXIU MEN

靳晓燕　著

项目策划：饶　涛
策划编辑：关雪菁　周益群　　责任编辑：关雪菁
装帧设计：王齐云　王　莹　　美术编辑：王齐云
责任校对：陈　民　　　　　　责任印制：马　洁

出版发行：北京师范大学出版社	开　本：890mm×1240mm　1/32	版　次：2020 年 1 月第 1 版
印　刷：鸿博昊天科技有限公司	印　张：7.375	印　次：2020 年 1 月第 1 次印刷
经　销：全国新华书店	字　数：141 千字	定　价：45.00 元

北京师范大学出版社　　　　　　　　　**版权所有·侵权必究**

http://www.bnup.com　　　　　　　　　反盗版、侵权举报电话：010-57654750
北京市海淀区新街口外大街 12-3 号　　北京读者服务部电话：010-58808104
邮政编码：100875　　　　　　　　　　外埠邮购电话：010-57654738
营销中心电话　010-57654738 / 57654736　本书如有印装质量问题，请与印制管理部联系调换。
高等教育与学术著作分社　h͜tp://xueda.bnup.com　印制管理部电话：010-57654758